VOYAGES ABRACADABRANTS

DE

GROS PHILÉAS

4977-80. — CORBEIL. Imprimerie CRÉTÉ.

GAUME et Cᵢₑ, éditeurs, 3, rue de l'Abbaye, Paris.

dessins de L. de la Fargue

Voyages Abracadabrants du Gros Philéas par la Vᶳˢᵉ de Pitray née de Ségur.

1 VOL. IN-12 : 3 FR. 50

VOYAGES ABRACADABRANTS

DU

GROS PHILÉAS

PAR

La Vtesse de PITRAY

NÉE DE SÉGUR

DESSINS DE Mme DE LA FARGUE

GRAVURE DE PEREZ

PARIS

GAUME ET Cie, ÉDITEURS

3, RUE DE L'ABBAYE, 3

1890

Droits de traduction et de reproduction réservés.

A

MADEMOISELLE MARGUERITE PASCAL

Voici votre Dédicace, chère enfant, elle est bien due à l'héritière d'un nom qui fait rayonner une splendide auréole sur votre front gracieux ! vous accueillerez avec plaisir, je l'espère, le récit naïf d'un brave garçon que je me plais à placer sous votre protection afin de lui porter bonheur !

OLGA DE SÉGUR
Vicomtesse de Simard de Pitray.

Paris, le 19 décembre 1889.

Lettre à Monsieur X...

MONSIEUR,

Madame de Pitray, qui veut bien rédiger mes nombreuses aventures de voyage, me dit que vous froncez le sourcil à la lecture de ces récits extraordinaires. Vous les accusez d'invraisemblance? Mais, Monsieur, j'en suis ravi! C'est par là qu'ils brillent! C'est par là qu'ils intéressent mes nombreux amis. C'est par là, enfin, que je suis digne de mon illustre parenté. Mon arrière-grand-oncle, M. le baron de Crac, a laissé des mémoires à sa famille. Mon arrière-cousin, M. le baron de Munckausen, non moins soucieux de sa propre gloire, a publié ses illustres aventures. (Elles ont acquis un nouvel éclat en se faisant graver par notre grand artiste, Gustave Doré.) Mais mon oncle de Crac, par son silence prolongé, avait longtemps laissé la France dans une infériorité littéraire dont je me suis montré mécontent.

J'ai fait violence à ma modestie bien connue et j'ai prié Mme de Pitray de retracer tous mes hauts faits. Je n'ai pas la prétention d'instruire. Munckausen ne l'avait pas non plus; mais, comme lui, je veux intéresser, je veux dire du nouveau et surtout je veux amu-

1

ser, sachant bien que lorsque la critique a ri, elle est désarmée.

Laissez-moi donc, Monsieur, raconter à la bonne franquette mes nombreux et lointains voyages et si, pour satisfaire les scrupules de votre conscience, il me faut faire un acte de franchise, il ne me sera pas impossible de vous avouer tout bas que je vous autorise à ne pas les croire véritables. Intitulez-les si vous vou-lez : *Voyages... abracadabrants du gros Philéas* et, par cette gracieuse concession, redevenons bons amis, ce à quoi vous savez que Mme de Pitray tient essentiellement.

C'est dans cette espérance que je me déclare, Monsieur, avec le respect le plus profond,

Votre tout dévoué serviteur,

PHILÉAS SAINDOUX.

De mon château de Castel-Saindoux.

VOYAGES ABRACADABRANTS

DU

GROS PHILÉAS

CHAPITRE PREMIER

LUTTE MUSICALE DE DEUX CHANTRES

Peu de temps après être revenu de son voyage aux bains de mer, M. de Marsy reçut la visite de Philéas Saindoux (1) qui le pria de venir honorer de sa présence une réunion musicale et lui raconta ce qui suit :

Deux chantres renommés, demeurant dans des villages différents, s'étaient donné rendez-vous à Beaugé pour savoir lequel des deux avait le plus de talent. Canonet, chantre de Saint-Symphorien, possédait une magnifique et formidable voix de basse profonde. Il était presque sans rival à dix lieues à la ronde. Un seul homme, dans les environs, osait lui tenir tête dans les roulades qui plongeaient en extase les Normands, grands et petits.

Rossignol, chantre de Saint-Eutrope, charmait

_____

(1) Voir *Les Débuts du gros Philéas*, du même auteur (chez Hachette).

les oreilles par une voix de ténor des plus aiguës.
Il allait à une hauteur étonnante. Grâce à ces ar-
tistes, les deux villages étaient en rivalité déclarée.

Jusqu'alors, la grande distance qui séparait les

chantres et leurs fanatiques avait empéché toute
lutte.

Le grand jour arriva bientôt.

Sur la place du village s'agitaient tumultueuse-
ment les partisans des rivaux. Les admirateurs de
Canonet entouraient leur chantre bien-aimé, tandis
que ceux de Rossignol faisaient au ténor un cortège non moins pompeux.

Les amis de Canonet paraissaient fort inquiets, car depuis le matin il était impossible à leur concitoyen de donner une seule de ces notes formidables qui les ravissaient. L'extinction de voix de Canonet continuant, ils tinrent conseil.

Philéas, un de ses fanatiques, s'approcha de lui

avec une joie contenue ; il portait à la main un panier couvert.

— Illustre Canonet, dit-il avec émotion, votre belle voix va nous émerveiller plus que jamais tout à l'heure, grâce à ce petit remède ; avalez-le, et vous verrez que cela vous fera du bien, les grands chanteurs de Paris ne vivent que de ça, m'a-t-on assuré.

CANONET. — Merci, mon cher, merci ! c'est-y du sucre, de la limonade, de...

PHILÉAS. — Oh! c'est tout simplement des œufs de mes poules, mon cher Canonet ; il n'y a rien de si bon pour la voix !

Canonet fit une grimace.

— Pouah! s'écria-t-il avec dégoût, je ne les avalerai jamais ; s'ils étaient cuits encore, je ne dis pas ; mais crus, j'y répugne !

Les amis du chantre, désolés, se pressèrent autour de lui.

— Allons! du courage, Canonet, disaient-ils au malheureux. Songe que tu as l'honneur du village à soutenir! Si tu recules, nous sommes déshonorés !

PHILÉAS. — C'est sûr ! suivez mon raisonnement. Si ça le dégoûte, ça lui répugne ; si ça lui répugne, ça lui fait horreur ; si ça lui fait horreur, il n'avale rien ! Par conséquent, pas de voix, et réduit à *cagner* devant ce piailleur de Rossignol.

Canonet, harcelé par vingt personnes à la fois, se décida à prendre le remède de l'inexorable Philéas.

— Vous le voulez tous? dit-il avec résignation, allons! je me dévoue pour l'honneur du village. Faites casser ces sales œufs et...

PHILÉAS, *vivement*. — Du tout, saperlotte, du tout! on avale la coquille avec, mon ami ! Allons! une demi-douzaine seulement, et vous m'en direz des nouvelles !

CANONET, *avec effroi*. — Comment! les coquilles aussi ?

PHILÉAS, *tranquillement*. — Bah! il n'y a que la première qui coûte! les autres iront toutes seules.

CANONET. — Vous en parlez bien à votre aise, vous ! goûtez-y donc un peu, pour voir.

PHILÉAS, *avec aplomb*. — Moi, c'est autre chose ! je n'en ai pas besoin ; tandis que vous, Canonet, vous, l'objet de notre orgueil, de nos espérances, vous n'êtes plus à vous ! vous appartenez à vos concitoyens, Canonet ! Vous ne devez pas reculer,

Canonet ! ! Vous écouterez nos voix aimantes, Canonet ! ! ! Vous avalerez les œufs, Canonet ! ! ! !

CANONET, *ému*. — Assez ! je cède aux instances de mes compatriotes ! (On le félicite et on le remercie.) Donnez-moi ces œufs, et (avec douleur) finissons-en ! Puisse ce remède... ce fichu remède me ramener ma voix *hégarée*.

En achevant ces paroles, l'infortuné chantre avala

avec des efforts et des contorsions terribles un des œufs que lui présentait Philéas.

CANONET. — Hou! heu! heu! satanée coquille! avec ça qu'elle est d'un dur! (Il mâche.) Là! ça va mieux comme ça. (Il respire.)

PHILÉAS, *avec empressement*. — En voilà un autre, mon ami.

CANONET. — Assez de coquilles, dites donc! J'avale l'intérieur, voilà tout. Ça suffira.

PHILÉAS, *contrarié*. — Il fera moins d'effet, aussi.

CANONET. — Nous allons voir. (Il avale un œuf.) A la bonne heure, comme ça. (Il en avale un autre.) Ça va tout seul. (Quatrième œuf.) Comme une lettre à la poste... (Cinquième œuf.) et voilà le sixième qui passe... qui... pouah! heu! pouah! ah! l'horreur!... (Il crache.)

PHILÉAS, *ahuri*. — Qu'est-ce que c'est? qu'est-ce qu'il y a?

CANONET. — Mais il a cinq ou six ans, cet œuf-là! oh! là! là! que j'ai mal au cœur!

PHILÉAS, *vivement*. — Retiens-toi, retiens-toi, Canonet! Garde tes cinq œufs. Il t'en faut un sixième, d'ailleurs. Le dernier ne compte pas, puisqu'il est mauvais.

CANONET, *avec terreur*. — Je n'en veux plus. J'en ai assez.

PHILÉAS, *affairé, sans l'écouter*. — Vite, Gadinet, Rustaud, Brisemiche, un œuf frais, très frais ou nous sommes perdus!

Les amis de Canonet se précipitèrent pour apporter l'œuf demandé; on cherchait en vain dans la maison voisine, quand on entendit chanter une poule dans le poulailler. Philéas, enchanté, courut vers la niche et fit triomphalement avaler l'œuf tout chaud au pauvre Canonet ; puis on fit cercle autour de lui, pour savoir si le remède avait réussi.

La joie de ses amis fut complète quand Canonet fila un son formidable, qui fit pâlir Rossignol et ses adversaires, groupés à l'autre bout de la place. Les applaudissements éclatèrent et Canonet, se rengorgeant, déclara que ses moyens étant au grand complet, la lutte pouvait commencer.

Pendant que Canonet avalait œuf sur œuf avec un courage admirable, Rossignol, inquiet des *préparatifs* de son adversaire, buvait force tisanes de toutes espèces. Son ami Larigot, nigaud de première force, hochait la tête en le voyant faire. Rossignol, ennuyé de ses gestes désapprobateurs, l'interpella brusquement.

Rossignol. — Ah ! ça, pourquoi que tu as l'air de me blâmer, toi ! N'est-ce pas prudent de m'éclaircir la voix comme mon rival ?

Larigot. — Oui, mais pas de cette manière-là. Je crois avoir entendu dire que le lait de poule est ce qu'il y a de mieux pour la poitrine. Ça vaudrait mieux que les drogues que tu ingurgites.

Rossignol, *frappé*. — Tiens, tu as raison ! Je me rappelle aussi qu'on me l'a dit. Mais où avoir cette boisson ?

Larigot. — Il faut demander à Philéas. Saindoux n'est pas du village de Canonet, ça doit lui être égal de te voir triompher de ce fifi-là !

Larigot alla donc aborder Philéas qui se pavanait,

tout fier de voir le succès du remède indiqué par lui.

En entendant la requête de Larigot, Saindoux hocha la tête et clignant de l'œil d'un air malin :

— Mon cher, répondit-il avec un grand sérieux, je suis partisan de Canonet, mais avant tout, je suis grand, juste et généreux. Je veux bien vous aider à chercher votre lait de poule, quoique ce soit diffi‑ cile à trouver. Je vous avoue que je ne connais dans le pays aucune poule à lait.

LARIGOT, *naïvement.* — Rien qu'un demi-verre suffirait, cependant. Sur cent poules, on en trouvera bien quelques-unes de laitières, je pense !

Et les deux hommes se mirent en quête de *poules à lait.* Ils étaient allés dans quelques maisons sans rien trouver quand Philéas, se frappant le front, s'écria en se pinçant les lèvres :

— Que nous sommes bêtes ! allons nous informer près de M. de Marsy. Il connaît ces choses-là ; il nous renseignera tout de suite.

— C'est ça, dit Larigot enchanté ; c'est une bonne idée. Allons lui demander des renseignements.

La surprise et les rires de M. de Marsy et de sa famille montrèrent au pauvre Larigot son erreur grotesque.

M. de Marsy lui expliqua alors ce qu'était un lait de poule et Larigot, très vexé de sa bêtise, retourna fabriquer la fameuse boisson, tandis que le malin Philéas, se frottant les mains, allait raconter à son ami Canonet l'erreur de Larigot et ses recherches ridicules.

Enfin les deux chantres se déclarèrent prêts et,

montant chacun sur un tonneau, se placèrent l'un en face de l'autre.

Entre eux était Saindoux qui, chargé de diriger la lutte, se tenait debout d'un air fier et majestueux.

PHILÉAS. — Mesdames et Messieurs, nous voilà tous ici pour juger ces deux talents ; ils désirent savoir lequel chante le mieux. Écoutez bien et pensez qu'il ne faut rien décider précipitamment. Canonet, commencez; donnez-nous un échantillon de votre belle voix !

Un silence profond s'établit et Canonet entonna un psaume avec des variations composées par lui. Sa voix formidable retentissait avec l'éclat du tonnerre.

Le public extasié applaudit avec frénésie.

Canonet salua et regarda son ennemi d'un air triomphant.

Mais Rossignol commença à son tour un motet à roulades et fit de tels prodiges dans un autre genre, grâce à des sons aigus, suraigus, à des roulades prodigieuses, et à des trilles de toutes sortes, que l'enthousiasme fut porté à son comble. Rossignol rassuré contempla d'un air de pitié la terrible basse.

Canonet était jaloux et furieux; aussi, au signal de Philéas, sa voix partit-elle comme un ouragan déchaîné. Il hurla un *Magnificat* de sa composition avec un luxe de poumons tel que les vitres des maisons en tremblaient.

Rossignol répondit au *Magnificat* par un cantique où il épuisa tous les trésors de sa vocalise; il lança des sons tellement aigus, que Canonet, hors de lui en voyant le triomphe lui échapper de nouveau, entonna pour couvrir la voix de son adversaire un *O Filii et Filiæ*...

La scène devint alors impossible à décrire. Canonet mugissait; Rossignol glapissait; leurs amis communs se disaient des sottises et se battaient pour leur champion. La foule criait, en applaudissant à tout hasard!...

Tout à coup, on entendit Rossignol faire un formidable *couic*, puis s'arrêter tout court en gesticulant...

Canonet étonné se tut et tout le monde contempla avec stupéfaction le ténor furieux qui, la bouche grande ouverte, faisait des grimaces abominables et tirait la langue, sans pouvoir ni chanter, ni parler.

PHILÉAS, *effaré*. — Qu'est-ce que tu as, Rossignol? tu es effrayant à voir, mon pauvre garçon!

ROSSIGNOL, *désolé*. — Couic!... couic!... coui... i... ik!!

— Là! j'étais bien sûr qu'il arriverait quelqu'accident, s'écria le docteur Boutié, en sortant de la foule et courant à Rossignol; vous vous êtes brisé le larynx, imprudent, avec vos folies de chant forcé!

ROSSIGNOL, *effrayé*. — Couic! couic!... i... ik!...

LE DOCTEUR. — Venez, je vais vous donner un traitement à suivre, car votre état est fâcheux et réclame des soins immédiats.

ROSSIGNOL, *tristement*. — Couic!...

Et le docteur emmena Rossignol, consterné et repentant.

Canonet, qui avait bon cœur, était atterré de la

fin malheureuse de la lutte; son chagrin réuni aux œufs crus lui tourna le cœur...

— Le malheureux! disait ensuite Philéas désolé. Il n'a rien voulu garder!

Chacun retourna chez soi en causant de cette scène émouvante; on plaignait le pauvre Rossignol; on louait la voix mugissante de Canonet.

Les enfants et leurs parents revinrent à Vély; tout en s'apitoyant sur la voix cassée du ténor, on ne pouvait s'empêcher de rire de la figure qu'il avait faite.

CHAPITRE II

LA CORRESPONDANCE DE PHILÉAS

Mme de Marsy, son mari, ses enfants et M. Noa, précepteur, étaient établis un jour au bosquet, quand le facteur arriva. Mme de Marsy se mit à lire la *Mode illustrée*, charmant et utile journal dirigé par une femme du premier mérite. Jeanne s'empara de sa « Gazette de la poupée »; Paul, de son journal « Polichinel » et Françoise du « Thé dans le monde des chats ».

Pendant ce temps, M. de Marsy lisait attentivement une longue liste qui lui était arrivée sous enveloppe : il paraissait étonné et poussa enfin une exclamation de surprise qui fit lever les têtes des lecteurs.

Mme DE MARSY. — Qu'est-ce que c'est, mon ami? qu'y a-t-il de nouveau?

PAUL, *riant*. — Il doit y avoir du Philéas, là-dessous.

M. DE MARSY. — Je crois que tu dis vrai, Paul; je vais lui faire dire de venir voir cette nouvelle et singulière liste que l'on m'adresse encore, je ne sais pourquoi.

Mme DE MARSY. — Pouvons-nous savoir ce qu'elle renferme ?

M. DE MARSY. — Sans doute, car elle ne contient aucune lettre confidentielle, mais simplement ce qui suit :

Pour remettre à l'ami de M. le Vicomte de Marsy.

Devis de ce qu'il désire avoir :

6 fusils	1.200
12 pistolets	1.200
100 bombes	500
6 poignards	120
6 baïonnettes	120
2 cottes de mailles acier	400
3 chapeaux casques doublés d'acier	300
2 lances	100
2 casse-têtes	100
3 haches	75
3 sabres	60
3 épées	60
3 piques	60
3 carnassières	40
2 épieux	40
2 cages à forts barreaux d'acier	60
Total	4.435

Tout le monde avait écouté avec étonnement la lecture de cette singulière note. Les enfants faisaient des réflexions de toutes espèces, quand Philéas parut dans l'allée d'arrivée. Un hourra l'accueillit. Saindoux en paraissait tout fier et ses

grosses joues se gonflaient comme des voiles trop
tendues.

M. DE MARSY. — Je suis bien aise de vous voir,
Philéas ; j'allais vous faire prier de passer à Vély,

pour vous demander si cette note d'armes de toutes
espèces vous est destinée?

PHILÉAS, *l'examinant.* — Oui, Monsieur le Vicomte,
elle me l'est. Il est temps de vous déclarer, en effet,
que je veux parcourir le monde avec l'illustre *Jules
Gérard*, le *Tueur de lions*, qui veut bien m'honorer
de son affection. Il m'emmène comme son collègue

et son ami, chasser partout, en commençant par
l'Europe.

M. DE MARSY, *étonné*. — Oh! oh! c'est un grand
projet que vous avez là, mon cher Saindoux; et
vous êtes sûr que Gérard consent à vous emmener?

PHILÉAS, *avec assurance*. — Sûr et certain, Monsieur le Vicomte. Il me l'a proposé par lettre; alors,
j'ai écrit au premier armurier de Paris, pour lui
demander de m'envoyer par vous (saluant), que
j'ose appeler mon ami, le devis de ce qu'il me
faut d'armes offensives et défensives. Voilà l'explication de cet envoi.

M. de Marsy, les enfants et M. Noa se regardaient
en souriant.

M. DE MARSY, *incrédule*. — Serait-il indiscret,
Philéas, de demander à voir la lettre de Gérard?

PHILÉAS. — Certainement non, Monsieur le Vicomte; je vous l'apportais même aujourd'hui
pour que vous voyiez comme il m'écrit des choses
flatteuses.

Mme DE MARSY. — C'est donc à ce grand voyage
que l'on doit attribuer vos préparatifs formidables,
Philéas? M. de Marsy était fort surpris, il y a six
semaines, de recevoir, pour vous les remettre, des
notes de malles, fourrures, vêtements de voyage et
d'une quantité de choses dont nous ne pouvions
nous expliquer jusqu'à présent l'utilité.

PHILÉAS. — Oui, Madame; je me suis décidé à
demander tout ce qu'il me faudra pour courir le
monde; j'ai déjà dix-huit malles, sept sacs de nuit,
neuf valises, une tente, deux bissacs et tout un
attirail de peinture (car il faut vous dire que j'étudie

la peinture maintenant, pour rapporter des vues
coloriées de mes voyages)... Mais je me laisse aller
à parler, et j'oublie ma lettre. La voici, Monsieur
le Vicomte; vous pouvez la lire à madame votre
épouse, ainsi qu'à ces demoiselles et à monsieur
Paul; ça les intéressera, pour sûr!·

M. DE MARSY, *lisant.* — «Monsieur et cher collègue,
je me prépare à parcourir les cinq parties du monde;
il me faut un compagnon, un seul! C'est vous dire
que je vous choisis sans hésiter, car je connais de
vous, grâce à notre ami commun, monsieur Pierrot,
des prouesses qui vous ont gagné mon amitié

2

enthousiaste! Le voyage se fera à mes frais. Je vous attends à Paris, rue des *Mauvais-Garçons*, hôtel du *Paon magnifique;* soyez-y dans quinze jours, au plus tard.

« Salut cordial et amitié fraternelle.

« Gérard, tueur. »

M. de Marsy hochait la tête en faisant cette lecture.

— Mon cher Saindoux, observa-t-il en rendant la lettre à *l'ami de Gérard*, qui se frottait les mains; à votre place, je me méfierais de l'affection soudaine de ce Gérard. Soyez convaincu d'abord que ce n'est pas Jules Gérard, le célèbre tueur de lions; vous voyez, à l'appui de ce que je vous dis, que la lettre est signée « Gérard », tout simplement. De plus, il n'y a pas : « Tueur de lions », mais seulement « tueur ». Tueur de quoi? on peut supposer que c'est tueur de lièvres et de perdrix. Enfin, comme dernière observation, c'est par M. Pierrot que vous avez fait connaissance avec ce prétendu Jules Gérard; or, cet homme qui vous en voulait depuis le feu d'artifice a été plus irrité encore contre vous par votre seconde plaisanterie, digne du premier avril.

PAUL, *vivement.* — Laquelle donc, papa? Je n'en avais pas entendu parler.

PHILÉAS, *riant.* — Ce n'est pourtant pas grand' chose, Monsieur le Vicomte; il n'y avait pas de quoi se fâcher et Pierrot n'y pense plus à l'heure qu'il est, je vous assure. Voici la farce que je lui ai faite, monsieur Paul. Je lui dis un jour: « Je fais des plantations importantes et je suis trop occupé pour aller à la ville; vous qui y allez, Pierrot,

achetez-moi donc la nouvelle *corde électrique à dé-*
tourner le vent ; c'est très important pour moi d'avoir
ça pour protéger mes petits sapins. »

Tout le monde rit.

M. DE MARSY. — Eh bien! c'est pour cela qu'il
veut sa revanche. Je vous le répète, à votre place je
me méfierais.

JEANNE. — Et quelles bêtes allez-vous chasser,
Philéas?

PHILÉAS. — En Europe, les chamois, les aigles
et tout ce que nous trouverons. En Afrique, le
lion...

M. DE MARSY. — Diantre! comme vous y allez,
mon brave!

PHILÉAS, *avec orgueil.* — Ce n'est pas tout! le
boa, l'éléphant, la panthère, le rhinocéros, les
anthropophages et les orangs-outangs!...

M. DE MARSY. — Mais, malheureux! vous serez
en morceaux à votre première chasse! Vous voulez
affronter ces bêtes terribles, ces hommes féroces et
surtout ces orangs, redoutés de tout le monde.

PHILÉAS, *se récriant.* — Oh! les orangs, c'est
pour nous amuser que nous les chasserons, Monsieur le Vicomte; Gérard m'a écrit que c'étaient de
charmants petits singes, très doux, très familiers
et que c'est apprivoisé en un clin d'œil. J'en rap-
porterai un à ces demoiselles.

JEANNE, *avec frayeur.* —Merci bien, par exemple!
d'horribles et méchants singes, grands deux fois
comme vous!

PAUL. — ... Et qui tuent les lions à coups de
bâtons, et même à coups de poings!

PHILÉAS. — Mais non, mais non! je vous assure que c'est des bêtises, tout ça; je vous dis que Gérard en a vu!

M. DE MARSY, *impatienté.* — Eh! il se moque de vous, je vous le répète!

PHILÉAS, *avec assurance.* — Il n'oserait pas s'y frotter. Allez, Monsieur le Vicomte, quand vous me verrez revenir avec ces charmants petits animaux, vous serez enchanté! du reste... (avec solennité) je demanderai à monsieur le vicomte la permission de lui écrire et de lui faire connaître mes impressions de voyage.

M. DE MARSY, *souriant.* — Volontiers, mon ami; mais croyez-moi, ne vous fiez pas aux *petits orangs.*

PAUL, *avec curiosité.* — Et dans les autres pays, que chasserez-vous, Philéas?

PHILÉAS. — En Amérique, des pumas (lions sans crinière), des buffalos, des jaguars et de gentils petits ours gris.

M. DE MARSY, *haussant les épaules.* — Allons, bien! ils sont « petits » et « gentils « maintenant, les ours gris! Est-ce encore Gérard qui vous a persuadé cela, Saindoux?

PHILÉAS. — Mais certainement, Monsieur le Vicomte; il paraît que ce sont de charmants petits oursons; ça fait même de la peine à tuer, tant ils sont caressants.

M. DE MARSY. — Je ne vous conseille pas de vous y frotter, à ces *oursons charmants!* vous m'en diriez des nouvelles.

PHILÉAS, *continuant.* — En Océanie, nous chasserons... Je ne me rappelle plus quoi ! et en Asie, nous nous attaquerons aux tigres et aux Taugs (1).

M. DE MARSY, *fronçant les sourcils.* — Encore une terrible chasse que celle de ces Taugs ! Ils valent les orangs-outangs, dans leur genre. Décidément, Philéas, ces voyages seraient une suite de folies. Je vous donne très sérieusement le conseil de ne pas vous exposer à cette série de dangers, que les chasseurs les plus braves affrontent sans les rechercher. (Insistant.) Songez que votre santé ne pourra peut-être pas supporter le climat des pays chauds, les froids horribles de l'Amérique du Nord ! songez enfin que vous partez avec...

PHILÉAS. — J'ai songé à tout, Monsieur le Vicomte (avec dignité), et à bien d'autres choses encore ! (Rires étouffés.) La soif des voyages, des dangers, des aventures m'empêche de jouir de la vie ! Je pars heureux. Une seule chose m'ennuie ; c'est le satané bouvreuil de ma cousine. Il va falloir que je le trimballe dans les déserts, dans les savanes, et toujours sur mon dos ; ça ne sera pas commode.

Mme DE MARSY, *étonnée.* — Comment ! vous ne pouvez pas le confier à quelqu'un ici, pendant vos voyages ?

PAUL, *malignement.* — A Gelsomina, par exemple ! elle serait enchantée de vous rendre ce petit service.

PHILÉAS, *avec horreur.* — Oh !... non ! le testament de ma cousine dit que je ne dois pas me séparer de *fifi-mimi*, que je dois le soigner tous les

(1) Étrangleurs indiens.

2.

jours. (Il étend le bras.) J'ai promis de le faire. Un honnête homme n'a que sa parole, j'emmène partout le fifi-mimi !

Après cette déclaration solennelle, le gros Saindoux prit congé de M. de Marsy et de sa famille malgré les représentations amicales de chacun.

Nous allons voir bientôt ce qui lui arriva. Espérons qu'il reviendra chargé de lauriers, de *gentils* ours gris et de *petits* orangs.

CHAPITRE III

UNE LETTRE DE PHILÉAS

Quelque temps après le départ de Philéas, Paul apporta un matin à son père les lettres que le facteur venait de lui donner. M. de Marsy parcourut les adresses ; l'une d'elles attira son attention.

M. DE MARSY. — Oh ! oh ! qu'est-ce que cette adresse si compliquée ? A Monsieur, Monsieur le Vicomte de Marsy, en son château. En cas d'absence, à Madame de Marsy ; en cas d'absence, à Mademoiselle Jeanne ; en cas d'absence, à Monsieur Paul ; en cas d'absence, à Mademoiselle Françoise ; *Personnelle, pressée, importante, confidentielle, officielle.* (Riant.) Diantre ! il y a du Philéas dans ce luxe de rédaction ! Appelle donc ta mère et tes sœurs, mon bon Paul ; cela les intéressera d'entendre la lecture de cette lettre.

PAUL. — Tout de suite, papa. Certainement, ça va nous amuser.

Mme de Marsy et les enfants se hâtèrent de venir en apprenant ce dont il s'agissait.

M. de Marsy déploya solennellement l'énorme lettre de Philéas.

M. DE MARSY. — Peste! une, deux, trois, quatre feuilles doubles! c'est un vrai journal que cette missive.

PAUL, *se frottant les mains.* — Nous allons en entendre de belles. Allons, papa, commencez vite.

JEANNE. — Tais-toi d'abord, toi, bavard!

PAUL. — Ce n'est pas toi qui commandes ici, mamzelle Marie J'ordonne!

JEANNE, *avec ironie.* — Que tu es gracieux et poli, très cher frère !

PAUL, *de même.* — Je t'imite, très chère sœur !

Mme DE MARSY, *avec reproche.* — Sont-ce des enfants bien élevés que j'entends parler avec tant d'aigreur ?

JEANNE, *se jetant au cou de Paul.* — J'ai tort.

maman. Pardonne-moi, Paul; c'est que j'aime à te taquiner, vois-tu!

PAUL, *l'embrassant*. — Je t'en dirai autant.

M. DE MARSY. — Maintenant que l'on a eu le vilain plaisir de se dire des choses désagréables et la bonne pensée de s'en repentir, je commence à lire. Écoutez bien. (Il lit.)

Monsieur et cher Vicomte,

M'y voilà arrivé, dans ce fameux Paris! m'y voilà même installé pour quelque temps, à cause des immenses préparatifs qu'il me faut faire, tout aidé que je suis par mon illustre ami *Gérard*.

Mon voyage de Castel-Saindoux à Paris a été très heureux, à part quelques guignons. D'abord, j'ai eu une horrible colique (sauf respect) en wagon; heureusement j'ai pu attendre et atteindre Mantes, la station où l'on déjeune pendant dix minutes; je n'y ai pas déjeuné, mais je m'y suis abreuvé de tisanes et élixirs aussi calmants que chers, lesquels m'ont raffermi le corps.

En me réinstallant, j'ai voyagé dans le même wagon qu'un sourd-muet très intéressant. Il était même bavard dans ses gestes et m'a appris à *pantomimer* comme lui.

Les enfants éclatent de rire.

PAUL. — Mon Dieu! que j'aurais voulu voir Philéas *pantomimer!*

JEANNE. — Ça devait être joliment drôle, leur conversation!

M. DE MARSY, *continuant*. — J'ose même dire

que je suis devenu en quelques heures d'une force remarquable sur les gestes!

Comme nous approchions de Paris, un voyageur qui paraissait fort obligeant me dit à voix basse : Nous allons arriver à l'instant, Monsieur; voulez-vous me confier votre montre et votre chaîne, pour que je fasse votre déclaration avec la mienne au commissaire de police?

— Quelle déclaration? que je m'exclame tout étonné.

— La déclaration de votre montre et de votre chaîne d'or, me répondit-il. Ces bijoux sont mainte-nant soumis à une certaine taxe, et si on ne le constatait pas immédiatement, il y aurait une forte amende à payer. Je vois que vous êtes de province, et je veux vous épargner l'ennui de remplir cette formalité. En me donnant dix francs, je paierai la taxe et vous n'aurez aucun désagrément à subir.

— Mais quel drôle d'impôt, Monsieur! lui dis-je; pourquoi qu'il est établi?

— Parce que les gens comme il faut portent seuls des bijoux en or, me répond le monsieur; on sait, grâce à cela, quels sont les étrangers de distinction qui arrivent à Paris...

(Je ne vous cacherai pas, Monsieur et bon Vicomte, que cette explication me flatta un peu.)

— Vous êtes trop honnête, Monsieur dont je ne sais pas le nom, m'écriai-je, et j'accepte avec plaisir!

— Je m'appelle le comte de Blagueville, répondit le monsieur obligeant.

Tout en lui donnant ma montre, ma chaîne et dix francs pour payer la taxe, je lui laissai mon adresse

et mon nom ; puis il descendit et sortit de la gare
en me disant de l'attendre au *bureau des passe-ports
perdus*.

Après avoir réclamé et pris mes effets, je m'in-
forme du *bureau des passe-ports perdus*. On me rit
au nez ; j'insiste, je raconte mon histoire ; on m'ex-

plique que le prétendu comte de Blagueville est un
coquin et moi un... je ne veux pas répéter le mot,
ni souiller ma plume de l'épithète de *Jocrisse* qu'on
m'a flanquée à brûle-pourpoint. Que ces *cheminde-
fériers* sont malhonnêtes ! pas vrai, Monsieur le
Vicomte ?

Après ces pénibles épreuves de montre et de

chaîne volées d'une manière dégoûtamment infâme
(et encore, en disant cela, je suis trop modéré!) je

monte dans un fiacre et je dis au cocher de me conduire chez Jules Gérard.

3

— Tiens! vous avez de la chance, qu'il remarque;
je viens justement de le ramener chez lui; sans ça,
j'ignorais parfaitement son adresse et il vous aurait
fallu la demander au Ministère de la guerre.

Il me semble que tout le monde devrait connaître
l'hôtel de ce grand homme! que je me dis en moi-
même.

Nous arrivons; on m'introduit chez un grand bel
homme, à barbe noire comme du charbon.

Je me précipite dans ses bras en criant:

— Ah! mon cher tueur de lions! voilà votre Saindoux prêt à partager vos dangers et vos voyages.

Le bel homme fronce ses sourcils d'un air mena-
çant et me repousse en disant:

— Qu'est-ce que ça veut dire? Qu'est-ce que vous
voulez?

— Vous êtes Jules Gérard, pas vrai? que je demande, interloqué de cet accueil pas gracieux du tout.

— Oui; après?

— Moi, je suis Saindoux!

— Qu'est-ce que ça me fait?

— Vous ne comprenez donc pas? Moi, Saindoux,
Philéas Saindoux; moi, votre ami, j'ai accepté votre
offre d'amitié, de voyage en commun... et me voilà...

Je lui explique alors que ses lettres m'ont décidé
à voyager avec lui.

Le monsieur se met à rire.

— Mon pauvre garçon, dit-il, vous êtes la dupe
d'un farceur; je retourne en Algérie ces jours-ci, c'est
vrai; mais je compte y aller seul, ne voulant nullement emmener de compagnon de chasse.

Furieux, j'enfonce mon chapeau sur ma tête et

je cours comme un fou à mon fiacre, en ordonnant au cocher de me conduire à l'adresse que
m'avait donnée le prétendu Jules Gérard, *hôtel
du Paon magnifique*, rue des *Mauvais-Garçons.*
Là, je trouve un excellent jeune homme, aux cheveux rouge carotte, qui me reçoit à bras ouverts et
qui s'écrie :

— Enfin ! vous voilà, mon brave Saindoux; avec
quelle impatience je vous attendais! je vous reconnais, rien qu'à votre noble et martiale tournure.
Venez vite dîner, mon cher.

Je lui réponds avec dignité :

— Monsieur, nous avons un compte à régler auparavant! Je viens de chez le vrai Jules Gérard qui
m'a ri au nez, en me déclarant qu'il ne m'avait jamais écrit pour m'engager à l'accompagner dans ses
voyages. Vous êtes un faux Gérard, vous, alors?
Pourquoi me tromper?...

Le jeune homme rit très fort (j'étais furieux de
ça), puis il me dit en joignant les mains :

— Est-il possible, mon pauvre Saindoux, que vous
ne connaissiez pas encore le nom célèbre de *Polyphème Gérard?* Malgré ma modestie bien connue,
je ne puis m'empêcher de vous dire que je me suis
illustré dans les cinq parties du monde. Jules Gérard n'est rien à côté de moi! Il tue des lions?
Qu'est-ce que c'est que ça? pouh!... j'en tue aussi,
mais seulement pour m'amuser et me distraire,
moi, *le Tueur* par excellence !

Le jeune homme rouge parlait avec tant de solennité que j'en étais tout saisi et que je dis timidement :

— Qu'est-ce que vous tuez donc, Monsieur Polyphème, de si terrible et dangereux?

— Je suis *le Tueur de colibris féroces*, qu'il répond
avec majesté. Ces animaux horribles ravagent
l'Afrique et l'Amérique. Rien n'est à l'abri de leurs
becs formidables et de leurs serres terribles! Ces
énormes oiseaux ont six mètres de hauteur; leur
bec est long comme mon bras, et déchire un lion
d'un seul coup! *Moi seul* ai le courage de chasser
et de détruire ces redoutables colibris! Vous jugez,
Saindoux, de la reconnaissance et de l'admiration
qu'ont pour moi des populations tout entières?

Ces paroles si modestes m'apprenaient les hauts
faits du héros qui daignait m'admettre dans sa so-
ciété intime; elles me transportèrent d'admiration
et de joie.

— Homme illustre! m'écriai-je en me jetant dans
ses bras, je suis confus d'avoir douté de vous un
seul instant! Je suis à vous, à la vie et à la mort!

Celui que je me plais à appeler « mon ami le
Tueur de colibris féroces » éclata de rire. (Il est
gai comme un pinson, ce grand homme; il ne peut
jamais me regarder sans rire, ça me fait plaisir.)

— Allons dîner, dit-il; nous parlerons de notre
voyage et de nos préparatifs... mais que diantre
faites-vous de cette cage sur votre dos?

— Ça, répliquai-je, c'est le fifi-mimi, notre compagnon d'aventures.

Je lui racontai alors comment le testament de ma
cousine m'ordonnait de ne jamais m'en séparer.

Polyphème se pâma de rire et daigna se charger
de la cage, puis nous allâmes dîner. Il me recom-

manda de ne pas parler de ses « colibris féroces »
aux autres : d'abord parce que sa modestie en souf-
frirait trop, et puis parce qu'il voulait se soustraire
aux ovations de la foule, idolâtre de lui. Je le lui
promis avec respect, car je ne crains rien tant que
de déplaire à mon ami le grand homme !

Adieu, mon cher Monsieur le Vicomte ; j'aurais
bien d'autres choses à vous raconter, mais le temps
me manque et je finis en présentant mes très pro-
fonds, humbles, dévoués et enthousiastes hom-
mages à Madame votre épouse, ainsi qu'à vos char-
mantes jeunes demoiselles. Je vous prie de me
rappeler au bon, aimable, affectueux, cordial et
gracieux souvenir de Monsieur votre jeune fils. A
vous, Monsieur, bon et cher Vicomte, j'offre le
dévouement extraordinaire, illimité, de celui qui
croit pouvoir dire, sans exagération, qu'il sera pour
la vie

Philéas Saindoux.

P. S. Je vous confirme avec joie que les ours
gris sont doux, gentils et même timides ; que les
orangs sont petits, caressants et complètement inoffensifs. Je vous dirai, de plus, que les serpents boas
sont moins gros que nos couleuvres et voient seulement la nuit, le jour ils dorment comme les mar-
mottes. J'ai vu au Jardin des Plantes des échantil-
lons de toutes ces pauvres petites bêtes, grâce à
l'illustre Polyphème, qui me mène partout et m'explique tout avec une bonté admirable.

CHAPITRE IV

UNE VISITE DE PHILÉAS

Une après-midi les enfants jouaient sur la pelouse lorsque Françoise, s'arrêtant tout à coup, s'écria : « Qui vient donc nous voir? »

JEANNE. — Tu vois venir une visite?

PAUL, *déclamant*. — Anne, ma sœur Anne, je ne vois que le soleil qui poudroie et l'herbe qui...

FRANÇOISE, *lui prenant la tête dans ses mains*. — Tiens! regarde, gros bêtat, au lieu de te moquer de moi.

Paul allait se fâcher du geste et des paroles de sa sœur quand la vue d'une voiture et de celui qui la conduisait lui fit pousser un cri de surprise.

PAUL. — Philéas! c'est Philéas! Bonjour, Philéas!

PHILÉAS, *descendant de voiture*. — Bonjour, Monsieur Paul; bonjour, Monsieur le Vicomte; bonjour, Madame!

Et il saluait à droite et à gauche, tout en continuant ses bonjours à chacun.

Petits et grands firent à Saindoux l'accueil le plus amical, malgré leur étonnement de cette visite subite. On offrit à Saindoux des rafraîchissements qu'il accepta et l'on s'installa au bosquet pour que Philéas pût y bavarder à son aise.

PHILÉAS. — Vous devez être surpris, Messieurs et Dames, de mon arrivée étonnante pour ne pas dire inattendue. Je suis rappelé au pays, ces jours-ci, afin d'installer quelqu'un à Castel-Saindoux pour s'occuper de mon établissement pendant mon absence. Je viens d'arrêter une femme d'affaires.

Tout le monde se regarda avec stupéfaction, croyant avoir mal entendu. M. de Marsy, revenu le premier de sa surprise, s'écria :

— Un homme d'affaires, voulez-vous dire, Philéas ?

PHILÉAS, *avec aplomb*. — Non, non, Monsieur le Vicomte ; j'ai bien dit et je répète, « une femme d'affaires ». C'est moins cher qu'un homme, aussi regardant et plus profitable, par conséquent.

Un rire étouffé répondit à Saindoux, qui continua en se frottant les mains :

— Je me dispose à installer Gelsomina dans ce poste important. Elle est économe et surveillera ma propriété. Mais pour parler d'autre chose, je viens inviter la compagnie (que je m'honore de fréquenter) à une fête organisée par moi. J'ai rapporté de Paris un feu d'artifice magnifique de 150 francs 75 centimes. Je le ferai tirer demain soir à Castel-Saindoux, avec accompagnement de repas, jeux, orchestre choisi et danses variées. J'ai convié tout le pays à ces réjouissances. Je serais heureux et fier d'y voir aussi ces Messieurs et ces Dames !

Les exclamations de joie des enfants répondirent

à Philéas. Les parents remercièrent le bon gros Saindoux, qui paraissait radieux.

Philéas alla préparer « ses réjouissances publiques » à Castel-Saindoux, et les enfants ravis attendirent avec impatience le moment d'aller admirer les prodigalités du fastueux Philéas.

Le lendemain tant désiré arriva enfin. Dès quatre heures du soir, les enfants assuraient que la nuit était venue et qu'il était temps de partir ; mais les parents ne voulant pas, avec raison, arriver trop tôt et fatiguer inutilement les petits, ne consentirent pas au départ avant le dîner.

Arrivés à Castel-Saindoux, Paul et ses sœurs furent dans le ravissement.

Sur la pelouse était une grande table chargée de viandes, de pâtisseries, de cidre en bouteilles et

3.

même de champagne ; de vrai champagne, cette
fois (1) ! Philéas, entouré de ses musiciens et de nombreux amis, faisait honneur au repas, tandis que les
gamins du village préparaient le feu d'artifice pour
le soir. Un violon faisait danser les jeunes gens et
de temps en temps des pétards et des coups de fusil
complétaient les splendeurs de la fête.

Quand Philéas vit arriver M. et Mme de Marsy et
leurs enfants, il se précipita au-devant d'eux, en
culbutant tous les convives.

— Soyez les bienvenus, Mesdames et Messieurs,
s'écria-t-il ; ne voudriez-vous pas accepter quelque
chose ?

M. DE MARSY. — Merci, Philéas, nous venons de
dîner.

PHILÉAS, *insistant.* — Un verre de n'importe quoi,
Monsieur le Vicomte ; tenez, choisissez entre du
Pomone, du *Saturne* et du *Balzac*.

M. DE MARSY, *étonné.* — Oh ! oh ! quels sont ces
vins-là ? Je n'en avais jamais entendu parler !

PHILÉAS, *avec empressement.* — Voilà les bouteilles, Monsieur le Vicomte. Goûtez-en, vous m'en
direz des nouvelles !

Et il mit devant M. de Marsy trois flacons éti-
quetés « Pomard, Sauterne, Barsac ».

M. de Marsy refusa en souriant de faire honneur
aux vins inventés par Saindoux, qui s'écria, pour
se consoler :

— Allons, puisque voici ces Dames et ces Messieurs arrivés, nous allons commencer le jeu du

---

(1) Voir *Les Débuts du gros Philéas.*

cochon et le feu d'artifice. Finissez donc de manger et de boire, vous autres ! Voilà assez longtemps que vous y êtes, d'ailleurs. A vos instruments, la musique, et jouez-nous des morceaux soignés !

Les musiciens obéirent tant bien que mal. La grosse caisse se dirigea en trébuchant vers son siège. La flûte alla en zig-zag vers le sien et chacun des autres exécutants parvint à s'installer, après plus ou moins d'efforts pour retrouver des jambes et des idées.

Quand il fut réuni, l'orchestre partit alors comme un furieux, chacun jouant à tort et à travers. La grosse caisse et la flûte surtout ne prenaient pas le temps de respirer. L'un, tapant sur sa caisse avec une vitesse et une vigueur toujours croissantes, l'autre jouant de plus en plus faux des variations de plus en plus criardes.

Sans s'inquiéter de ce tapage assourdissant, Philéas donna le signal pour commencer le jeu du cochon (1), et l'on vit arriver une troupe de gamins en caleçon, amenant de force un petit cochon noir et jaune. Ils le poussèrent dans une mare près de la maison. A peine ce cochon fut-il à l'eau que les petits paysans se précipitèrent aussi dans la mare et chacun d'eux, tout en nageant, s'efforça de saisir la queue de l'animal.

Pour être vainqueur dans ce jeu, on devait maintenir le cochon pendant une minute sans le lâcher ; on en devenait alors propriétaire.

Les gamins riaient de toutes leurs forces tout en

(1) Jeu très aimé en Normandie.

pataugeant près de l'animal, qui grognait d'une façon désespérée chaque fois qu'on le touchait.

Il était d'autant plus difficile de l'attraper que sa queue, déjà courte et glissante, avait été soigneusement graissée.

Les rires des spectateurs répondaient à ceux des *combattants*, et les enfants radieux de ce spectacle disaient qu'ils ne s'étaient jamais tant amusés.

— Ohé! criait un gamin, attrape la queue, Médéric, l'eau commence à la détremper; elle a manqué me rester dans la main!

— Viens, mon petit chéri, disait un autre nageur, en montrant une pomme au cochon; je vais faire ton affaire pendant que tu mangeras.

— Je l'ai!

— Non, c'est moi!

— Ah! la voilà!

— Ouiche! comptes-y, à cette heure!

— Bravo, le cochon! criaient les spectateurs enchantés.

Un des lutteurs, souriant d'un air malicieux, se glissa enfin derrière l'animal et, profitant d'un instant où la pauvre bête fatiguée ne nageait pas, l'adroit petit Léon tourna trois fois son doigt autour de la queue et ferma brusquement la main en serrant ces bagues d'un nouveau genre.

Le cochon eut beau se débattre, le vainqueur resta ferme et le maintint vigoureusement pendant la minute voulue.

La lutte était terminée; on fit sortir les combattants de la mare et tandis que les gamins, rentrés à la maison, se rhabillaient à la hâte, le cochon tenu

en laisse par des rubans de toutes couleurs fut
emmené chez Léon, heureux et fier de son
triomphe.

L'orchestre redoubla de vigueur pour solenniser
ce moment!

Philéas rayonnait de tout ce tapage; les enfants

n'y faisaient pas attention, le feu d'artifice commençant alors et les intéressant beaucoup. Les parents riaient tout bas de la musique et tâchaient de
préserver leurs oreilles du vacarme.

Quand le bouquet eut été tiré, lorsque les derniers feux de Bengale se furent éteints, les enfants

et leurs parents entrèrent chez Philéas pour y attendre leur voiture.

Philéas congédia ses autres invités, mais il ne put parvenir à faire entendre raison à son orchestre ; les musiciens, avec la tenacité des ivrognes, soutenaient que la fête n'était pas finie et, malgré les protestations de Philéas ahuri, ils commencèrent un morceau plus burlesque que les autres.

Philéas, désespérant de les faire partir, se sauva, rejoignant M. de Marsy qui riait aux larmes, avec sa famille, de cette discussion comique.

... Mais au milieu du morceau, la grosse caisse s'arrêta.

POUSSARD. — Ah ! ma foi ! je suis fatigué de tout ce tapage-là ! Je file ; bonsoir, la compagnie.

Et en disant cela, il se dirigea vers le bois.

PHILÉAS, *de sa fenêtre*. — Pas par là, pas par là ! vous allez vous égarer dans la forêt, si vous prenez ce chemin-là, Poussard !

— Pas de danger, M'sieu... heu ! m'sieu Saindoux ! Ça me connaît, les bois. Je m'en tirerai très bien, vous... vous verrez. (Il disparaît.)

La flûte avait écouté cette conversation d'un air pensif.

— Je fais comme Poussard, se mit à dire Crapotin. J'ai assez de musique, à cette heure !

Et il se dirigea aussi vers le bois, mais du côté opposé à celui que Poussard avait pris.

PHILÉAS. — Allons, bon ! encore un qui perd la boule ! Ohé ! Crapotin, vous vous en allez du mauvais côté. Vous aurez du désagrément d'aller par là !

CRAPOTIN. — Mon cher Saindoux... (Il trébuche.)

Je sais ce que je fais... (Il se cogne la tête à un arbre.) N'humiliez pas un honnête homme ! (Il s'éloigne dans le bois.) Personne ne pourra jamais prouver... (dans le lointain) que je ne suis pas un honnête homme !... (Il disparaît.)

Les rires des spectateurs répondirent à cette déclaration solennelle. Le reste des musiciens se débanda; les uns consentirent à prendre le bon chemin, celui de la grande route, pour retourner chez eux; les autres s'établirent dans des fossés, protestant qu'ils étaient arrivés à leur logis et qu'ils n'en bougeraient pas pour un empire.

Pendant ce temps, on entendait dans les bois une note lointaine de la flûte égarée; un coup formidable de la grosse caisse, qui errait non loin de là, répondait immédiatement à cette tentative musicale. Saindoux, resté seul, s'écriait alors, moitié riant moitié fâché :

— Allons bon ! voilà mon orchestre qui fait des siennes !

M. et Mme de Marsy venaient de partir avec leurs enfants; mais ces notes lointaines semblaient à tous si comiques, que pendant quelque temps on fit aller les chevaux au pas pour entendre ce concert improvisé.

A force de marcher au hasard dans la forêt, la grosse caisse et la flûte se rejoignirent : le premier s'assit alors sur un tronc d'arbre, le second dans une rigole heureusement à sec et le dialogue suivant s'engagea, entremêlé de coups de grosse caisse et de notes aiguës lancées capricieusement par la flûte.

La grosse caisse. — Es-tu... boum !... boum !... mon ami ?

LA FLUTE. — Je suis... ton ami, tu !... tu !...

LA GROSSE CAISSE. — Nous sommes dans un endroit... boum !... dangereux ! Je crains que l'eau ne nous gagne... (La lune sort d'un nuage et commence à éclairer le gazon où se trouvent nos ivrognes.)

LA FLUTE. — Comment... tu !.. comment ça ?

LA GROSSE CAISSE. — Je vas monter sur... mon tronc d'arbre pour... boum !... boum !... pour ne pas me noyer. (Il monte sur l'arbre, la lune l'éclaire.) Ah !... je suis... submergé... jetons-nous à... l'eau, ou nous... boum !... sommes perdus !

LA FLUTE, *pleurant.* — Je ne veux pas être perdu... tu !... tu !... ni noyé ! Sauve-moi, tu !... tu !... tu !... ou... tu n'es pas mon ami.

LA GROSSE CAISSE. — Si !... je suis... ton ami ! Allons ! plonge et n'aie pas... boum !... pas peur... je suis là !

En disant ces mots les deux hommes se jetèrent à plat ventre, soi disant dans l'eau, mais en réalité sur le gazon qui, tout en adoucissant leur chute, ne leur sembla pourtant pas des plus agréables.

Leurs cris et leurs plaintes attirèrent quelques invités attardés, et l'on remmena chez eux les ivrognes, la grosse caisse tapant de son instrument avec obstination et la flûte régalant ses amis de couacs criards.

CHAPITRE V

LA CHASSE DE PHILÉAS

— Mais arrivez donc, mon cher Crapotin, s'écriait Philéas, quelques jours après *ses fêtes publiques*. Voilà, Dieu merci, une belle matinée pour la chasse. Grenadier et moi, nous vous attendons depuis une demi-heure, au moins.

— Ne me grondez pas, répondit le chasseur à qui Philéas adressait ces reproches (celui-là même dont la flûte avait si singulièrement égayé la fête). J'avais quelques affaires qu'il m'a fallu bâcler tant bien que mal, au moment de partir. J'étais furieux! aussi ai-je fini par tout planter là pour partir quand même.

PHILÉAS. — Oh! et vos affaires?

CRAPOTIN, *négligemment*. — Elles attendront.

PHILÉAS. — Et vos clients? et votre boutique?

CRAPOTIN. — Serinet, mon domestique, leur fera prendre patience; car il faut vous dire, mon ami (il se rengorge), que j'ai un *grô ome*, un vrai *grô ome* pour soigner mon nouveau cheval.

PHILÉAS. — Pourquoi n'êtes-vous pas venu en voiture, alors?

CRAPOTIN. — Mon cheval est si vif qu'il a cassé

mon équipage avant-hier; j'ai essayé de le monter,
mais il m'a jeté par terre trois fois en cinq minutes. A la dernière fois (c'était dans une flaque d'eau)
j'y ai renoncé provisoirement et j'ai dû arriver
modestement à pied.

GRENADIER, *arrivant.* — Avez-vous fini votre cau-
sette, Messieurs? En chasse! en chasse! le temps
est splendide. (Chantant d'une voix de tonnerre.)
« Amis, la matinée est belle!... »

PHILÉAS, *tressaillant.* — Ah! Grenadier, que c'est
bête de crier comme ça, sans avertir les gens! Voyons,
en route et attention au gibier!

CRAPOTIN. — Je regrette de ne pas avoir amené
Serinet : il m'est pénible de porter ma carnassière
et mon gibier; puisque j'ai un *grd ome*, je dois et
désire...

PHILÉAS. — Silence donc, et avançons plus vite
que cela, Crapotin!

GRENADIER, *chantant d'une voix formidable.* —
« Prenez garde! prenez garde! la Dame blanche
vous regarde. »

PHILÉAS, *se récriant.* — Mais, sac à papier! Grenadier, vous allez faire sauver tout notre gibier,
avec votre tromblon.

GRENADIER, *avec humeur.* — On se tait, mon
Dieu! on se tait.

La chasse allait fort mal. Le pauvre Philéas,
entre ses deux compagnons, suait sang et eau pour
empêcher l'un de bavarder, l'autre de brailler.

A chaque instant, le gibier effrayé partait hors de
portée, sans que pour cela les deux chasseurs
fussent corrigés de leurs manies; enfin, dans un

herbage plein de bruyères, un râle de genêts s'envola près des chasseurs.

GRENADIER, *chantant très fort* — « Chasseurs diligents, quelle ardeur vous dévore!... » pan, pan! (Il tire et manque le râle.)

CRAPOTIN. — Ne doutant pas de mon adresse, je regrette Serinet qui ramasserait... pan, pan! (Il tire et manque le râle.)

PHILÉAS. — Attends un peu, je vais faire ton affaire, mon petit... pan, pan! (Il tire et manque le râle.)

Les trois chasseurs désappointés et honteux regardaient tristement l'oiseau, lorsque Philéas poussa un cri de joie, en le voyant se cacher dans une touffe de bruyères. Il s'élança, son chapeau à la main, pour le prendre comme un papillon; ses amis en firent autant. Le pauvre râle ahuri, effaré, se sauvait de bruyère en bruyère, tandis que les trois braves se précipitaient à genoux de gauche, de droite, écrasant leurs chapeaux, se heurtant, comme de véritables forcenés.

PHILÉAS. — Pris, pris... ah le coquin! il vient de m'échapper.

CRAPOTIN. — Je le tiens... non, c'est une souche!

GRENADIER. — Je l'ai... oh là là! il m'a piqué! (Il le lâche.)

PHILÉAS. — Ah! pour le coup... (Il saisit le râle.) Victoire! La bête est forcée! scélérat, m'a-t-il donné de mal.... (Il l'examine.) Tiens! il est mort.

GRENADIER. — Comment, il est mort? ça doit être mon plomb qui l'a touché, alors!

CRAPOTIN, *vexé.* — Eh bien! et moi, j'ai tiré aussi, dites donc!

PHILÉAS, *sans les écouter.* — C'est mon coup de feu, évidemment! C'est singulier, pourtant!... (Il examine le râle.) Je ne vois pas de blessure, pas de sang...

CRAPOTIN, *hésitant.* — Je ne crois pas qu'il soit... tout à fait mort!

GRENADIER. — Si vous le lâchiez, Philéas, nous retirerions dessus!

PHILÉAS, *vivement.* — Ah non! Ah non! et si nous ne l'attrapions... (se reprenant) si vous ne l'attrapiez pas?

CRAPOTIN, *avec assurance.* — Impossible! je ne manque jamais.

GRENADIER. — Bah! ça nous amusera tout de même; lâchez-le, allez! (Chantant.) « Volez, volez, petits oiseaux!... »

PHILÉAS, *crispé.* — Grenadier, parlez sérieusement de choses sérieuses au lieu de vociférer comme ça... Non! (Il met le râle dans son carnier.) Je le condamne à la broche, tel qu'il est. Allons, Messieurs, continuons notre chasse... et du feu, de l'entrain!

Le trio se remit bravement en marche; les aboiements des chiens, les chants de Grenadier, les discours de Crapotin et les colères de Philéas recommencèrent.

Tout à coup, Crapotin cessa de parler et resta immobile, les yeux fixés sur un chêne; étonné, Grenadier s'approcha de son compagnon. Celui-ci, le voyant venir, se hâta de tirer et un oiseau tomba pesamment de l'arbre.

CRAPOTIN, *au comble de la joie.* — Je l'ai ! Il est tué... Elle est tombée ! (Il gambade.) Hein, mes amis, quelle adresse... à 125 pieds de distance au moins, bien sûr ! Que je regrette Serinet pour...

GRENADIER, *vexé.* — Une belle affaire que vous avez faite là... pour une méchante poule assassinée !

CRAPOTIN, *se récriant.* — Comment, une poule ! comment, une poule ! ajoutez *faisane*, mon cher, s'il vous plaît !

PHILÉAS, *jaloux.* — J'en doute, mon ami, que ce soit une poule faisane !

GRENADIER, *triomphant.* — Ah ! vous voyez, Crapotin, je ne le lui fais pas dire.

(Crapotin contemple son gibier avec bonheur et ne répond pas.)

RAPINOT, *accourant.* — Bons Saints du Paradis ! avez-vous tiré sur une poule de ma femme, qu'était dans le chêne ?

CRAPOTIN, *terrifié.* — Ciel ! ce n'est donc pas une faisane ?

RAPINOT. — Voyons ?... Oh ! là, là ! qué malheur ! justement qu'il faut que ça soit c'te pauvre bête-là qui reçoive la charge. Elle qu'était si actionnée à pondre, tous les jours que Dieu fait.

CRAPOTIN, *consterné.* — Mais... pourtant, elle ressemble à une faisane, cette bête ! Voyez plutôt cette huppe, ces plumes grises, fines et soyeuses. Êtes-vous sûr, Rapinot, que...

RAPINOT, *avec amertume.* — Quiens ! si j'en suis sûr ! Comme si je ne connaissais pas mes pondeuses ? Ah ! c'est un beau coup que vous avez fait là, M'sieur Crapotin, allez ! si vous accommodez

4

les affaires de vos clients aussi adroitement que les miennes, vous pouvez fermer tout de suite votre boutique.

Tout en grommelant, le triste Rapinot s'éloigna avec la *faisane* morte, sans vouloir accepter les offres d'argent que lui faisait Crapotin, ni ses excuses embarrassées.

Philéas avait écouté la discussion avec une joie déguisée, mais voulant consoler son ami tout penaud, il le prit par le bras.

— Allons! mon cher, s'écria-t-il, un peu de philosophie, saperlotte! il nous reste mon râle; ainsi, de la joie!

Au même instant, la carnassière de Saindoux s'agita. Le gros chasseur tourna la tête pour se rendre compte de ce mouvement inattendu; avant qu'il ait pu faire un geste, le râle de genêts, vivant et des plus alertes, s'était élancé hors de la carnassière en poussant un cri de triomphe.

PHILÉAS. — Dieu! mon râle... il était vivant!

GRENADIER. — Courons après!

CRAPOTIN, *riant.* — Ah! ah! Saindoux, vos victimes se portent bien, dites donc!

PHILÉAS, *exaspéré.* — Le scélérat! après m'avoir déjà tant tourmenté!... Il ose vivre encore! Mais je l'aurai ou j'y perdrai mon renom de chasseur...

Les trois amis s'élancèrent à la poursuite de l'oiseau; le râle, sentant le danger, ne se contenta plus de courir et, se voyant poursuivi si chaudement, il s'envola, laissant les chasseurs furieux.

Philéas perdant tout espoir, éreinté d'ailleurs de sa course furibonde, se laissa tomber avec découragement sur une touffe de gazon. A peine avait-il touché la terre qu'il se releva soudain en bondissant comme une balle élastique et en poussant un hurlement sauvage.

CRAPOTIN, *effrayé*. — Eh bien! il devient enragé! Qu'est-ce qu'il y a, Philéas?

PHILÉAS, *criant*. — Ah! ah! quelle blessure! quels élancements... du secours, mes amis!

GRENADIER, *surpris*. — Où donc, une blessure? qui est-ce qui vous a touché, Philéas? je ne vois pas de bête par terre, pourtant!

PHILÉAS, *gémissant*. — Si, oh! si, je suis transpercé...

CRAPOTIN. — C'est peut-être dans la touffe de gazon! (Il regarde.) Ah! Saindoux, mon ami, une bécasse! vous avez tué une bécasse!

PHILÉAS, *stupéfait*. — Comment, j'ai tué une... mais je n'ai rien tiré.

GRENADIER. — Crapotin a, ma foi, raison. Regardez! (Il ôte de la touffe d'herbe une bécasse.) La voilà, le bec brisé et plate comme une feuille de papier, la pauvre bête!

PHILÉAS, *aigrement*. — Eh bien! plaignez-la, je vous le conseille, quand son bec vient de me poignarder! (Il fait des contorsions.) Je trouvais qu'une épingle faisait mal, mais il faut avoir six centimètres de bécasse dans le corps pour savoir ce que c'est qu'une vraie piqûre!

CRAPOTIN. — Mais ça ne doit pas être profond, mon cher!

PHILÉAS, *geignant*. — Ah! ça doit avoir pénétré jusque bien près du cœur, mon pauvre ami!

GRENADIER, *incrédule.* — Voyons ! sac à papier !...
c'est impossible ce que vous dites là, Saindoux.
Pensez donc à tout le chemin à faire, avant d'arriver
de l'endroit blessé jusqu'au cœur ! (Riant.) A moins
que la bécasse ne vous ait lancé son bec comme
une flèche !

PHILÉAS, *grinchu.* — Riez, mon cher; ne vous
gênez pas, je vous en prie, pendant que je souffre à
petit feu !

CRAPOTIN. — Allons, mon pauvre ami, ne plai-
santons plus. Voulez-vous que nous vous ôtions de
la plaie ces fragments de bec, qui doivent vous faire
mal ?

PHILÉAS. — Je veux bien, mais allez doucement !

GRENADIER. — Soyez tranquille. Attendez, Crapotin, je vais vous aider.

CRAPOTIN. — C'est ça ; voyez-vous les morceaux ?

GRENADIER. — Oui ; y êtes-vous ?

CRAPOTIN. — J'y suis ; tirez de votre côté.

GRENADIER, *affairé.* — Bon... houp là, Crapotin !

Le pauvre Saindoux, à quatre pattes, gémissait
terriblement. Ses amis lui arrachèrent, malgré ses
cris et ses lamentations, les deux côtés du bec de
la bécasse si malencontreusement logés dans sa
grosse personne.

Quand l'opération fut terminée, les chasseurs organisèrent un brancard, aidé de Rapinot qui était
accouru aux cris de la *victime* et ils transportèrent
Philéas dans son logis.

Saindoux, couché à plat ventre sur le brancard,
se désolait de sa triste chasse. Arrivé chez lui, il fit
remplir une immense cuvette d'huile de milleper-

tuis et s'y assit, déclarant qu'il ne bougerait pas de là tant que sa blessure ne serait pas cicatrisée. Il adoucit du reste son triste sort en se faisant servir abondamment à manger et ses amis se consolèrent ainsi avec lui de leurs aventures dramatiques.

Quelques jours après, Philéas repartait pour Paris, rejoindre « le Tueur de colibris féroces » pour commencer avec lui ses longs et terribles voyages.

CHAPITRE VI

LES LETTRES DE POLYPHÈME ET DE PHILÉAS

. . . .

— Tout est-il prêt?

— Oui, mon illustre ami! mes malles sont fermées, mes valises aussi; mes sacs sont bourrés comme des canons; fifi-mimi est dans sa cage d'acier. Nous partirons quand vous voudrez!

En achevant ces mots, le gros Philéas se frotta les mains d'un air radieux.

— A merveille! dit Polyphème; alors je vais écrire à notre ami, M. Pierrot, que nous partons demain pour Blidah.

PHILÉAS, *effaré*. — Hein! quoi! plaît-il? déjà en Afrique? Et notre tournée en Europe? et celle en Asie? nous les supprimons donc, comme ça?

POLYPHÈME, *riant*. — Eh! non, mon cher, ne vous effrayez donc pas de cette petite visite en Afrique. J'ai une affaire pressante à arranger, là-bas; elle ne me retiendra que cinq ou six jours; cela ne dérange en rien nos projets.

PHILÉAS, *rassuré*. — A la bonne heure, mon cher Tueur, écrivez à Pierrot que nous partons; moi, je

vais annoncer cela à mon ami, le vicomte de Marsy ;
je tiens à le mettre au courant de mes faits et
gestes, car je me vois destiné à une vie illustre autant que glorieuse, grâce à mes voyages, et je veux
que mon pays sache ce que je deviens, par l'entre-
mise de cet homme estimable.

Les voyageurs s'établirent chacun devant un bureau et comme ils ne doivent pas avoir de secrets
pour nous, lisons sans façon par dessus leur épaule
ce qu'ils sont en train d'écrire :

Polyphème à Pierrot.

Mon cher ami, quelle trouvaille ! quel trésor que
ce Saindoux ! merci mille fois ! Grâce à vous, je
vais entreprendre mon tour du monde avec la meilleure pâte d'imbécile !... Il m'amuse déjà tellement
que je compte payer toute sa dépense : sa petite
fortune n'y suffirait pas et la mienne me permet
largement de faire cette générosité. Riche et désœu-
vré comme je le suis, ces voyages sont ma seule
ressource contre l'ennui ; mon précieux Philéas est
pour moi, j'en suis sûr, une source de distractions
vraiment inépuisable ; bien entendu que, pour ne
pas l'humilier, je ferai semblant de ne presque rien
dépenser pour lui en route. Je suis ami des plaisanteries, mais je suis avant tout bon enfant et j'aime
comme je taquine, franchement. Nous partons demain pour Blidah. Sous prétexte d'affaires, je vais
mettre mon gros camarade en face d'un lion ; nous
verrons comment il s'en tirera. J'en ris d'avance.
Ah ! la bonne tête ! qu'il sera amusant, mon Dieu,

qu'il sera amusant! je vous tiendrai au courant, cela va sans dire.

Bien à vous,

Pour Philéas, Polyphème Gérard, le Tueur de colibris féroces.

Pour vous et nos amis, Charles N.

Lettre de Philéas à M. de Marsy.

Monsieur et Vicomte, c'est avec un tremblement universel de tout mon être que je vous écris ces mots solennels : *Je pars demain.* Je m'en vais à Blidah avec mon célèbre ami, le Tueur (de colibris féroces), il y va pour affaires ; je profiterai de ses occupations pour chasser un peu et faire connaissance avec les bêtes féroces et non féroces d'Afrique.

Depuis mon départ de Castel-Saindoux (où j'ai été si heureux de vous recevoir) il m'est arrivé différentes choses qui ont accidenté mon existence. Je veux vous mettre au courant de ces détails de ma vie. J'ai d'abord reçu une lettre de Gelsomina ; elle m'envoie sa photographie que je lui avais rendue et qu'elle me renvoie comme souvenir pendant mon voyage. Je la lui ai renvoyée... elle me l'a *reren-voyée* ; je la lui ai *rererenvoyée*... elle me l'a *rere-rerenvoyée* ! alors... la voilà ! Je vous prie de la lui rendre en lui ordonnant avec douceur (et avec violence, s'il le faut) de la garder à jamais ! Voilà une affaire bâclée, pas vrai, Monsieur le Vicomte ?

Dieu ! que c'est beau, Paris ! les rues sont plus larges que les grandes routes et les spectacles sont très superbes ! J'ai vu à l'Opéra des bonnes gens

qui se trémoussaient terriblement; je les ai crus
enragés. Polyphème m'a dit que non, que c'étaient
des malheureux qu'on appelle *crampistes;* ils sont
pleins de crampes dans les mollets et alors, il faut
qu'ils gigottent ferme pour se soulager un peu ; en
voilà une terrible maladie ! Il paraît que ça se gagne;
aussi, quand un des *crampistes* s'est approché de
moi (j'étais allé avec Polyphème dans les coulisses
du théâtre) je me suis sauvé en criant comme un
perdu : « Gare les crampistes ! » Quand Polyphème
m'a rejoint, tous les malades qui causaient avec lui
riaient comme des fous, je ne sais pas pourquoi.

Après ça, nous sommes allés au Cirque pour voir
le dompteur Batty et ses lions ! Sac à papier, quelles
terribles bêtes ! Je vous avoue, Monsieur et cher Vicomte, que je suis déjà dégoûté de cette chasse-
là rien que d'avoir vu les lions de Batty. J'ai
demandé à Polyphème à quoi ça servait de risquer
sa vie à entrer dans une cage à lions.

— A rien, m'a-t-il dit.

— Alors pourquoi le fait-il?

— Pour amuser le public.

— Eh bien! moi, je trouve ça bête et mal de risquer sa vie pour la donner en spectacle, au lieu de
travailler comme un honnête ouvrier; c'est stupide.
Ça n'amuse pas, d'ailleurs, de voir un chrétien exposé
aux bêtes féroces comme du temps des empereurs
païens. C'est pas un spectacle catholique et je l'ai
dit à Polyphème, qui m'a donné raison d'un air
ému et grave qu'il n'a pas souvent.

Pour en revenir au Cirque, la fin a été très gen-
tille. Après ces sales coquins de lions, voilà-t-il pas

une cavalcade de singes qui arrive. C'était comme aux *sept p'tites chaises* (1), ainsi que disent les *porcman* (2) ; vous savez, ceux qui s'occupent des chevaux élégants. Il y avait un jockey bleu, un jockey jaune, et un jockey vert pomme ; ce n'est pas tout, il y avait aussi une guenon en amazone rouge ; oh ! mais, un amour de guenon ! avec une belle toque à plumes blanches, des gants à manchettes et un toupet magnifique de faux cheveux, rouge carotte. Tous ces singes montaient des petits chevaux, noirs comme de la suie et méchants comme des diablotins. A un signal des écuyers, clic, clac ! les chevaux bondissent, les singes se cramponnent à la crinière et broum ! les voilà partis ! Tout le monde riait, car vrai, c'était cocasse ! les pauvres singes avaient une peur de chien ! A chaque barrière sautée, ils glapissaient en désespérés. Chaque fois qu'ils passaient près des écuyers, armés de leurs grands fouets, ils les regardaient en faisant des grimaces de frayeur qui nous faisaient pâmer ! Tout d'un coup, on entend un couic !... C'était le pauvre jockey jaune qui avait tourné avec sa selle sous le ventre de son cheval. Ça vexait le poney, qui voulait s'en débarrasser parce que le singe le chatouillait en se cramponnant à lui ; mais il avait beau ruer, ça n'y faisait rien. Le jockey jaune était plus mort que vif et pinçait le cheval. Pour lors, voilà-t-il pas que le poney, furieux, se met à marcher sur ses pieds de derrière ! En voyant cela, le singe se rassure et s'élance par terre. En sautant, il tombe sur le nez du cheval que la guenon con-

(1) Steeple-chase, course de chevaux.
(2) Sportmen.

duisait. Ce poney-là a peur; il se cabre et l'amazone effrayée se jette sur la tête d'une grosse dame qui avait une forêt de cheveux crêpés, frisés, tire-bouchonnés, enfin un tas d'histoires sur la tête, quoi! La dame se débat; la guenon fourgotte (1) les cheveux et, comme elle était en colère, elle arrache toute la perruque de la grosse, pièce à pièce! Il y avait des faux cheveux, fallait voir! peut-être plus de deux livres pesant! tout le monde se tenait les côtes.

Bravo! l'amazone! qu'on lui criait; elle est jalouse de la perruque et elle se venge.

— Mes crêpés! hurlait la grosse dame, mes boucles! mes frisons! Elle m'arrache tout, cette horreur de bête! Gusman, mon pauvre mari, au secours! sauve ton Isménie...

Le gros monsieur qui s'appelait Gusman tâche de faire partir la guenon. Elle se rebiffe et v'lan! elle lui allonge une calotte épouvantable. Gusman se fâche, réplique; les voilà à se donner des taloches pour de bon! L'arrivée du maître avec son grand fouet a tout apaisé; il avait réussi à se faire un passage parmi les spectateurs qui entouraient la grosse dame et les combattants. A sa voix la guenon s'est calmée, a lâché Gusman et la perruque; tout le monde s'est en allé, riant encore de toutes ces bonnes farces!

Me voilà à bout de papier et de force épistolaire. Je vous r'écrirai de Blidah, cher Monsieur et Vicomte, pour vous narrer mes impressions de voyage.

_____

(1) Pour « fourrage » (c'est un mot Normand).

En attendant, je vous prie, avec toute espèce de civilité puérile et honnête, de faire agréer à votre aimable et digne famille mes respects les plus respectueusement respectueux. Je vous réitère, à vous, Monsieur ami et Vicomte, que je suis avec une émotion profonde et serai pour la vie !...

PHILÉAS SAINDOUX.

CHAPITRE VII

BON VOYAGE, CHER DUMOLLET!

Phout!... Phout!... Phout! Phou... ou... ou... ou... t!...

— Bravo, la locomotive ! s'écria gaîment Philéas ; elle file comme un charme ! Allons, nous voilà partis pour Blidah, illustre Polyphème... Un temps de chemin de fer et nous y serons !

POLYPHÈME, *souriant.* — Pas tout à fait, mon cher ; il y a la mer à traverser, en outre.

PHILÉAS, *dédaigneusement.* — Oh ! oh ! cette mer-là, ce n'est pas grand'chose.

POLYPHÈME. — Comment, pas grand'chose ; mais deux jours de bateau sont déjà gentils !

PHILÉAS, *incrédule.* — Laissez donc ! c'est les marins feignants qui veulent faire accroire qu'il faut tout ce temps-là ; mais ils ne m'attraperont pas comme ça ! et je vous les ferai marcher si rondement qu'en deux heures nous serons rendus à Alger.

POLYPHÈME, *riant.* — Tiens ! au fait ! vous me donnez une idée excellente, délicieuse !... Oui, mon ami, vous irez en deux heures (il lui serre la main),

c'est moi qui vous le promets! Ce cher Philéas,
quel trésor j'ai là, mon Dieu!

PHILÉAS, *modestement*. — Vous êtes bien bon; je
suis trop poli pour vous démentir, d'ailleurs! il
est certain que fifi-mimi et moi... (il bâille) nous
valons quelque chose... (il bâille) nous ne manquons
pas... (il bâille).

POLYPHÈME. — D'envie de dormir, hein?

PHILÉAS. — C'est... aaaaah!... c'est vrai... ce chemin de fer me fait somnoler un peu.

POLYPHÈME. — Ne vous gênez pas, mon cher;
dormez.

PHILÉAS, *scandalisé*. — Devant vous, illustre ami?
Ce ne serait pas respectueux!

POLYPHÈME. — Je le veux; je vais en faire autant
de mon côté.

PHILÉAS. — S'il en est ainsi, j'accepte. Ouf! qu'on
est mal pour appuyer sa tête! Tiens, au fait! nous
sommes seuls. Je vais m'étendre par terre; je ne
vous gênerai pas et je dormirai comme un bienheureux.

Un silence complet régna bientôt dans le wagon;
trois heures s'écoulèrent; la nuit était avancée quand
Charles N... (que nous continuerons d'appeler Polyphème, avec Philéas) se réveilla. On était arrivé
à une station et les voyageurs profitaient de dix minutes d'arrêt pour manger à la hâte quelque chose.
Polyphème, sentant son appétit s'éveiller, descendit
sans réveiller Philéas qui dormait de tout son cœur,
et alla rejoindre les dîneurs.

Pendant son absence, deux employés chargés
d'examiner les voitures s'aperçurent que le wagon

où dormait Philéas était sérieusement abîmé.
Comme cette voiture était la dernière du train, ils

se hâtèrent de la décrocher, de la mettre sous une
remise, et de la remplacer par un autre wagon en

bon état, ayant soin d'y transporter les quelques
objets (y compris le fifi-mimi) laissés sur les banquettes, par Polyphème et Philéas ; aucun des employés ne s'aperçut de la présence du dormeur sous
la banquette et l'infortuné continua son somme sans
se douter du changement dont il était victime. Polyphème remonta en voiture et reprit tranquillement sa place et son sommeil, convaincu que Philéas
était là.

Réveillé au petit jour, le jeune homme appela
Saindoux ; il fut stupéfait, puis très effrayé de constater sa disparition et ne se tranquillisa qu'à la
station suivante, où les employés lui expliquèrent ce
qui avait motivé le changement de wagon.

Remis de son émotion, Polyphème rit beaucoup
de la figure qu'avait dû faire Philéas et resta à la
station pour attendre son compagnon, persuadé
qu'il l'y rejoindrait bientôt.

Pendant ce temps, le gros Saindoux dormait
comme un plomb sous sa banquette ; il ne se réveilla
que tard et se frotta les yeux en bâillant, puis il
tressaillit, car il venait de s'apercevoir qu'il était
dans une obscurité complète.

PHILÉAS, *inquiet*. — Est-ce qu'il fait toujours nuit,
cher Tueur ?... hein ! pas de réponse ! (Criant.) Mon
illustre ami, réveillez-vous... Comment ! il ne dit
rien ? (Il tâte les banquettes.) Personne, pas même
fifi-mimi ! (Avec terreur.) Le wagon ne marche plus !
Ah ! je crois deviner... (Il s'agite avec crainte.)
Des malfaiteurs auront décroché la voiture. Polyphème se sera sauvé et fifi-mimi est leur victime...
pauvre bête ! Oh ! (il saute) on vient par ici, et je

n'ai pas d'armes... quelle position, grand Dieu!

Des pas se dirigeaient effectivement de son côté.

Deux hommes parurent avec une lanterne sourde.

PREMIER EMPLOYÉ. — Diable de remise! dire qu'il faut de la lumière pour s'y conduire en plein jour!

PHILÉAS, *à part*, *épouvanté*. — Je suis dans leur

caverne, Seigneur ! c'est la *Suzanne* (1) des quarante voleurs !

Deuxième employé. — Est-*il* là ?

Premier employé. — Oui, et *il* a fameusement besoin de mes clous et de mon marteau.

Philéas, *anéanti*. — Miséricorde ! ils veulent me torturer avec des clous, les misérables ! ah mais ! j'invoque *Suzanne* s'ils approchent... tant pis, il arrivera ce qu'il pourra !

Premier employé. — Allons ! dépêche-toi ; il faut lui faire son affaire et lestement encore !

A peine avait-il dit ces mots que Saindoux se précipita hors du wagon sur eux, en vociférant : « Suzanne, ouvre-toi ! misérables, tremblez ! »

Les employés, effrayés de ces cris, le prenant pour un malfaiteur, rendirent avec usure au gros Philéas coups de poings et coups de pieds en appelant leurs camarades.

On accourut de toutes parts et l'on parvint à s'expliquer. Ce fut long et difficile, Saindoux soutenant avec obstination qu'il était prisonnier dans une caverne de bandits. On ne put le détromper qu'en le conduisant à la gare et en lui montrant la voie du chemin de fer.

Il se rendit enfin à l'évidence, se tranquillisa et demanda à rejoindre Polyphème à la station suivante, pensant avec raison que son ami devait l'y attendre.

Il avait fait grand tapage et le chef de gare, lui gardant rancune de cette scène ridicule, imagina de

(1) Sésame.

lui jouer un tour; il s'approcha donc de Saindoux qui attendait en maugréant et lui dit avec un grand sérieux :

— Si Monsieur le désire, je puis lui faire rejoindre son ami, non dans une heure, mais dans un quart d'heure.

— A la bonne heure! s'écria Philéas tout joyeux; vous êtes un brave homme, vous! menez-moi tout de suite au train, s'il vous plaît.

— Voilà, Monsieur, dit le chef de gare en montrant à Saindoux une locomotive prête à partir.

Philéas. — Mais ce n'est pas un train, ça!

Le chef de gare. — C'est le wagon de voyage de S. M. l'Empereur de Tartarie, Monsieur; avant de le lui expédier, on le fait servir à quelques hauts personnages... (saluant) et je vous l'offre.

Philéas, *flatté.* — Monsieur, vous êtes bien bon; je dirai même que vous êtes un homme charmant! j'accepte avec joie.

Saindoux s'installa majestueusement sur la plate-forme au milieu de rires étouffés et la locomotive partit avec la rapidité de l'éclair. Elle allait, en réalité, rejoindre un train de marchandises pour remplacer une machine déraillée et le mécanicien, riant sous cape, s'amusait à exciter la terreur de Philéas par des récits lugubres d'accidents horribles, à l'endroit même où le gros voyageur s'était placé.

Philéas avait beau changer de place, le lieu où il était se trouvait rappeler des souvenirs plus terribles encore. Le pauvre Saindoux, qui recommandait son âme à Dieu, respira librement en voyant Polyphème sur le quai de la station.

PHILÉAS. — Ah!... Enfin! c'est ici que je m'arrête, mon ami, laissez-moi descendre, s'il vous
plaît... Eh bien... arrêtez, conducteur... satané conducteur!... Polyphème, courez après nous! à la
garde! à la garde!...

... Car la locomotive, plus rapide que jamais,
avait passé comme le vent, laissant derrière elle
Polyphème qui ne pouvait s'empêcher de rire de
cette nouvelle mésaventure, tandis que Saindoux,
rouge comme un coq, les cheveux ébouriffés, ges-
ticulait comme un furieux sur la machine.

Le mécanicien eut bientôt pitié de Philéas et lui
offrit de l'installer dans une autre locomotive qui
allait à la station de Polyphème.

Philéas y consentit avec bonheur et s'y précipita,
pendant que le malin conducteur s'éloignait, à la
grande satisfaction de Saindoux qui se croyait au
bout de ses peines.

Il arriva en effet à bon port à la station où l'attendait son ami, mais en voulant sauter sur le trottoir
qui bordait la voie, il calcula mal la distance et, au
lieu de tomber dans les bras de Polyphème, il disparut dans un énorme panier placé près de son ami.

Philéas poussait de grands cris, en tâchant de se
dépêtrer de sa prison. Les voyageurs riaient comme
des fous, tout en l'aidant. Saindoux se redressa
bientôt au milieu de la bourriche... il était inondé
de jaune d'œuf!

PHILÉAS, *furieux*. — Sac à papier! j'ai du guignon... quelle omelette, mes amis! J'ai au moins
deux cents jaunes d'œufs sur le corps... Prelotte!
comme ça colle! Vite! de l'eau, que je me lave...

je n'y vois plus clair... holà! ça coule dans mes
oreilles, j'en ai plein la bouche... Pouah! (Il crache.) Prelotte! prelotte!! c'est mauvais...

Tout le monde se tordait de rire en l'écoutant, si

bien que le bon gros Saindoux finit par en faire autant de bon cœur.

Il alla se débarbouiller et se changer de la tête
aux pieds, retrouva avec bonheur son fifi-mimi
qu'il avait cru mort et reprit avec Polyphème un
autre train qui les mena sans accident à Marseille.

CHAPITRE VIII

VOYAGE SUR MER A VOL DE... POLYPHÈME!

Arrivé à Marseille, Philéas oublia tous ses malheurs. Escorté par Polyphème, il parcourait avec bonheur cette belle et grande ville, si animée, si riche, et que les intelligents habitants savent rendre attrayante et gaie. Il alla prier aux pieds de Notre Dame de la Garde, que la touchante piété marseillaise a placée sur un rocher pour planer sur la ville et être vue de tous; il visita la Cannebière, ce port que Paris, la reine du monde, admire et envie, au dire des habitants. Arrivé là, il ne tarissait pas en éloges! Au milieu d'un discours enthousiaste sur la mer, Polyphème remarqua avec surprise que la voix de Philéas baissait peu à peu, puis... elle s'éteignit tout à fait. Ses yeux suivirent la direction que prenaient les regards interdits de Saindoux. Il vit alors un homme à cheveux gris, fort maigre et fort grand, dont la figure spirituelle était contractée par la colère. Les bras croisés, les yeux flamboyants, cet inconnu s'approcha lentement de Philéas qui semblait fasciné.

L'INCONNU. — Pourquoi me regardes-tu comme ça,

étranzer? Sais-tu que tu m'insultes... et dans mon
pays, encore!

PHILÉAS, *interdit*. — Mais, Monsieur le Marseillais,
je vous regardais comme tout le monde; ce n'est
pas une offense, il me semble.

L'INCONNU, *avec violence*. — Tu mens, étranzer imbécile! Ze ne suis *pas tout le monde*, insolent!
Tout le monde ne me regarde pas comme une
bête curieuse, impertinent! et il y a offense, troun de
l'air! bagasse!!!

POLYPHÈME. — Allons, Monsieur, ne vous empor-
tez pas ainsi contre mon ami: calmez-vous, je vous
en prie, en songeant...

L'INCONNU, *rageant*. — Ze ne suis que trop calme,
Monsieur, c'est mon défaut! mais il ne faut pas
m'insulter impunément; savez-vous que c'est moi
qui, l'autre zour, ai soutenu l'honneur de la Cannebière en flanquant un coup de pied (oh! un coup de
pied admirable!) à un Parisien qui passait auprès
de moi; cet homme me dit avec surprise:

— Qu'est-ce que je vous ai fait?

— Ze lui réponds: « rien! »

— Eh bien, alors, pourquoi me maltraitez-vous?

— Zuge un peu si tu m'avais fait quelque soze!
que ze lui réplique.

POLYPHÈME, *riant*. — C'est magnifique! où voulez-
vous en venir, Monsieur? à un duel? mon ami est
prêt, il adore les affaires de ce genre!

PHILÉAS, *bas*. — Eh! dites donc, mon cher Tueur,
ce n'est pas vrai, ça!

POLYPHÈME, *bas*. — Taisez-vous donc, j'arrange
l'affaire.

L'INCONNU, *plus calme.* — Z'accepterais avec bonheur cette offre si ze ne partais pas ce soir pour Blidah, Monsieur.

POLYPHÈME. — Tiens! et nous aussi; comme ça se trouve bien! vous vous battrez sur le bateau.

L'INCONNU, *vivement.* — Le capitaine ne voudra pas, z'en suis sûr!

POLYPHÈME, *bas.* — Philéas, mon ami, c'est un poltron! il caponne... Hardi, mon cher, du toupet! Soutenez l'honneur normand!

PHILÉAS, *bas.* — Ah! il caponne, il ose caponner, le lâche! et moi qui avais peur! Attendez un peu voir, Tueur! (Haut, avec arrogance.) Nous nous battrons dans une cabine, Marseillais, et nous choisirons mon arme ordinaire, vu que je me regarde comme énormément insulté, entendez-vous, bouillabaisse?

L'INCONNU, *avec douceur.* — Ne vaudrait-il pas mieux nous serrer la main, Monsieur?

POLYPHÈME, *bas.* — Ça va, Saindoux, ça va très bien! confondez ce faux brave.

PHILÉAS, *bas.* — Attendez un peu voir! (Haut.) Nous nous battrons, bouillabaisse, à mort, à mort effrrrroyable!...

L'INCONNU, *effrayé.* — Oh! Monsieur... et avec quelles armes?

PHILÉAS, *sombre et solennel.* — Avec des bombes, Marseillais; c'est mon arme ordinaire. Nous aurons une bombe pleine de poudre dentifrice et une vraie bombe bourrée de poudre à canon. Nous choisirons au hasard et nous nous lancerons à la mer sur des planches, en allumant nos machines. Celui qui aura la bonne bombe sera repêché par les matelots, l'autre sautera. Ça vous va-t-il?

Polyphème approuva gaiement la proposition, mais l'inconnu s'en montra terrifié.

— Ze ne consens pas à cela, s'écria-t-il. Zamais ze ne voudrais mourir par explosion; ce doit être affreux et ze me dois à ma famille.

Philéas, *majestueusement*. — Vous êtes père de famille? je vous fais grâce, alors.

L'inconnu, *balbutiant*. — Pas précisément... ze ne suis pas marié.

Philéas, *avec colère*. — Qu'est-ce que vous chantez, alors?

L'inconnu, *piteusement*. — Ze ne sante pas! ze soutiens que z'ai une famille en la personne d'un cousin normand, le duc de Philéas Saindoux, grand seigneur, qui m'aime tendrement et qui mourrait de sagrin si ze périssais.

PHILÉAS. — En voilà une farce et une blague, mon cher; je suis Philéas Saindoux et je ne mourrai jamais de chagrin que de ma propre mort, je vous en avertis.

L'INCONNU, *très émotionné.* — Phi... Phi... Philéas? Oh! mon cousin, mon ser cousin, reconnaissez en moi le docteur Crakmort, fils de votre tante, Alménie Saindoux.

PHILÉAS, *étonné.* — Ah bah!... c'est vrai, au fait! j'ai entendu parler de vous et de votre maman par papa. Bonjour, cousin, et sans rancune!

La querelle était finie; les deux adversaires se serrèrent la main et allèrent avec Polyphème s'embarquer sur le *Zéphyr*, qui devait les conduire en Algérie.

A peine installé sur le bateau, Saindoux rappela à son ami sa promesse de faire marcher *rondement* le navire.

POLYPHÈME, *gaiement.* — Je n'ai qu'une parole, mon cher, et je la tiens; laissez-moi faire. Couchez-vous pour éviter le mal de mer pendant ces deux heures de route; avalez cette pastille, puis faites un petit somme. Je vous réveillerai à notre arrivée; à quatre heures, je vous appelle.

PHILÉAS. — C'est merveilleux, cher Tueur! Merci, grand homme! votre pastille est diablement mauvaise... c'est égal! je vais dormir avec enthousiasme. Ah! ah! ces fainéants de marins, ils ont trouvé leur maître avec vous. Tiens, c'est singulier comme j'ai sommeil... vite aujourd'hui... bon... soir... (Il s'endort.)

POLYPHÈME, *le regardant.* — Bravo! ma pilule

d'opium fait son effet; ce pauvre garçon n'aura pas le mal de mer et, par dessus le marché, il va encore me faire rire avec sa naïveté de voyage en deux heures. Après-demain, je le réveillerai; jusque là, bonsoir, Saindoux, rêvez à des lions non féroces et à des bombes en poudre dentifrice.

Le surlendemain à quatre heures, Polyphème, qui avait eu soin de prolonger le sommeil de Philéas avec ses pastilles, secoua vigoureusement le gros dormeur.

— Allons, Philéas, debout! dit-il avec emphase; il est quatre heures moins cinq et nous allons arriver comme je vous l'ai promis.

— Hein! quoi? s'écria Saindoux en se frottant les yeux; déjà? c'est merveilleux, mon bon Tueur, ce que vous faites! et qu'avez-vous donc dit aux matelots pour nous faire aller de ce train-là?

— Je leur ai fait adroitement avaler de la poudre électrique dans du rhum, mon ami, répliqua Polyphème très gravement. Ça les a fait travailler ferme, vous devez le comprendre.

L'équipage et les passagers, qui étaient dans le secret, reçurent le dormeur de façon à compléter son illusion. Tout à coup, Saindoux se frappa le front.

— Polyphème, s'écria-t-il, quel jour sommes-nous? J'entends dire à Crakmort que c'est aujourd'hui jeudi.

POLYPHÈME, *tranquillement.* — Certainement. Qu'est-ce qui vous étonne?

PHILÉAS. — Mais... mais nous sommes partis de Marseille avant-hier, alors?... Comment...

POLYPHÈME. — Non, ce matin; il y a deux heures, parbleu!

PHILÉAS. — Mais nous sommes partis de Paris le huit?

POLYPHÈME. — Non, le dix.

PHILÉAS, *insistant*. — Pourtant, Polyphème...

POLYPHÈME, *feignant de se fâcher*. — Ah! mon cher, vous êtes terrible avec vos *mais*, vos *pourtant*. Saprelotte! puisque tous ces messieurs vous disent la même chose que moi, vous devriez nous croire, à la fin!

Le pauvre Philéas, assailli de protestations, de discours de toute espèce que lui prodiguaient passagers et équipage, se soumit avec un désespoir burlesque. Ce fut ainsi qu'il arriva à terre; nos voyageurs se firent mener directement à Blidah et nous allons les y suivre, pour ne rien perdre de leurs aventures dans ces parages.

CHAPITRE IX

LA CHASSE AU LION

— Eh bien! mon cher, dit Polyphème à son gros compagnon, le lendemain de son arrivée. Comment trouvez-vous l'Algérie et les Arabes?

Philéas. — L'Algérie me semble très superbe, Tueur, complètement magnifique, excepté ses diables de puces qui troublent ma joie. (Il se gratte avec fureur.) J'en ai tué soixante-quinze en vingt minutes hier, et puis j'y ai renoncé; rien que sur le mollet droit, j'avais quatre cent quatre-vingt-neuf piqûres; ça me cuit partout... il me semble que je suis dans un bain de moutarde.

Polyphème. — On se fait à cela bien vite, allez! Courage! n'y pensez plus. Et les Arabes, qu'en dites-vous?

Philéas. — Ah! quels beaux hommes! mais... est-il convenable à eux de se montrer publiquement en chemise avec une serviette sur la tête?

Polyphème. — Comment, « en chemise »! Ce sont des manteaux appelés burnous et leurs turbans ne sont nullement des serviettes. Tout cela, c'est leur costume.

PHILÉAS. — Ma foi! je n'aimerais pas me fourrer
un burnous sur la tête et m'envelopper d'un turban,
moi! (Polyphème rit.) Mais dites donc, mon cher
ami, pourquoi ne profiterais-je pas du beau temps
pour aller voir les environs, aujourd'hui?

POLYPHÈME. — Volontiers; je vais rassembler une
escorte et nous nous mettrons en route dès que nos
chevaux seront prêts.

Polyphème alla effectivement surveiller les préparatifs de la promenade. Resté seul, Philéas s'en-
nuya promptement, agacé qu'il était par les puces
qui continuaient à le dévorer, et prenant son fusil,
attachant sur son dos la cage de fifi-mimi, il sortit
pour flâner dans les environs en attendant son ami.

Au détour d'une rue, Saindoux se trouva face à
face avec un petit nègre, noir comme du charbon
et dont la figure était remarquablement drôle, in-
telligente et maligne, malgré une affreuse laideur.

Ce petit nègre était entièrement vêtu de blanc,
ce qui le rendait d'autant plus extraordinaire.

PHILÉAS. — Ah! le drôle de petit bonhomme!
Bonjour, moricaud, sais-tu le français?

LE PETIT NÈGRE. — Moi, le savoir un peu, beau
blanc.

PHILÉAS. — Comment te nommes-tu, petit?

LE PETIT NÈGRE. — Pauvre négrillon s'appeler :
Sagababa.

PHILÉAS, *éclatant de rire.* — En voilà un nom
cocasse! Eh bien, Sagababa, veux-tu me mener jusqu'à un arbre à fruit quelconque? je grille de manger des produits africains; ils doivent être excel-
lents, surtout cueillis tout frais!

SAGABABA. — Moi, vouloir bien, beau blanc.

PHILÉAS, *flatté.* — Il est très poli, ce moricaud ! Faisons vite cette course, mon ami ; je veux revenir promptement pour ne pas faire attendre mon illustre compagnon.

Saindoux et Sagababa partirent d'un pas rapide. Philéas oubliait ses puces et, chemin faisant, questionna Sagababa sur sa position.

— Moi suis seul, dit le petit nègre avec émotion. Pauvre Sagababa s'enfuir de chez maître méchant, loin d'ici ; marcher beaucoup, souffrir faim, soif ; venu ici travailler, apprendre un peu français. Moi aime bien hommes français. Bons, grands, généreux ; voudrais servir toi ! serais si content ! t'aimerais tant !

PHILÉAS, *avec bonté.* — C'est bien difficile, mon pauvre garçon ; en attendant, cherchons des fruits ; nous voilà à l'entrée d'un joli bois qui doit avoir...

Un épouvantable rugissement, un véritable tonnerre éclatant à cent pas des promeneurs interrompit Philéas. Au cri du fauve, Sagababa terrifié, mais toujours leste comme un chat, bondit dans un arbre.

Philéas ne pouvait suivre le petit nègre ; il se précipita vers un rocher voisin au moment où un lion énorme, l'œil en feu, la crinière hérissée, se battant les flancs avec sa queue, paraissait à la lisière du bois, rugissant avec fureur !... A cette vue, Saindoux, excité par la peur, devint leste comme Sagababa et grimpa sur un énorme rocher avec une telle rapidité que le fauve, malgré quelques immenses bonds, n'arriva pas à temps pour le saisir...

— Vous mort, beau blanc? cria Sagababa d'une
voix lamentable.

— Pas encore, répondit Saindoux d'une voix
entrecoupée, mais je crois... que... ça ne tardera...

Il s'interrompit en poussant un nouveau cri de
frayeur; le lion venait de bondir contre le rocher
et ses énormes griffes avaient presque touché Saindoux.

Philéas, épouvanté, voulut charger son fusil et
tirer sur son ennemi; quelle ne fut pas sa consternation en voyant qu'il avait oublié ses cartouches!
Il se lamentait tout haut lorsqu'il s'interrompit en
se frappant la tête avec joie.

— Vous fou, beau blanc? cria Sagababa effrayé,
du haut de son arbre.

— Moi homme de génie, petit bêtat, répondit
Philéas avec orgueil. Tu ne veux pas te taire, toi, le
rugisseur? Braille, va, scélérat! tu ne t'attends pas
à mon invention...

En disant ces mots, il détacha de son dos la cage
où se trouvait fifi-mimi.

— Brave armurier! reprit-il en examinant avec satisfaction les barreaux d'acier; il a fait la chose en
conscience! Allons, fifi-mimi, sors de là, mon cher.
Viens! (Il le pose sur sa tête.) Tiens-toi bien et ne
dégringole pas, ou tu es perdu!

Le lion rugit...

PHILÉAS. — Je suis prêt, mon brave. Allons, saute
par ici. (Il met la cage au bout de son fusil et l'y
fixe.) Y es-tu? Xi... Xi... au chat!... au chat!...
pschit....

Le fauve, exaspéré par les cris de Saindoux,

s'élança de plus belle contre le rocher. Philéas se tenait sur ses gardes, et au moment où la bête féroce atteignait presque le gros chasseur, il lui plongea habilement la cage au fond de la gueule et retira prestement son fusil.

— Bravo, beau blanc! hurla Sagababa.

— Ah! la bonne farce! criait Saindoux en gambadant sur son rocher! Est-ce amusant! bon, il s'étrangle... Ah! ah! il veut mâcher les barreaux... Oh! oh! il tousse, il crache, il se roule en se grattant la gueule avec ses pattes! Je ris trop, j'en ai un point de côté! en voilà, une comédie... Va-t-il être content, M. le Vicomte, quand je lui raconterai cette histoire-là! N'y a pas à dire, je suis un grand homme... Enfoncé, Jules Gérard! Il n'aurait jamais inventé cette façon de tuerie. Il ne bouge plus, mon lion? Non, le voilà qui fait dodo pour toujours. Hé!... Sagababa, descendons, mon cher, allons avertir...

CHAPITRE X

CHASSE A LA LIONNE

— Pas bouger, beau blanc! cria Sagababa. Lionne arrive venger mari.

Philéas, *furieux*. — Hein? encore? sac à papier! quel fichu pays... et moi qui l'admirais! j'aime mieux les puces, décidément; elles ont beau dévorer, on vit tout de même... brrrou! (Il frissonne.) Comme elle rugit, cette sale bête! quels poumons! Dieu! qu'elle est grosse... Holà! elle me voit, elle va sauter contre le rocher.. Que faire, grand Dieu? Si je r'avais ma cage, ma bonne cage! un couteau, au moins! un cou... Oh! sauvé, je suis sauvé!

L'ingénieux Saindoux tira alors avec bonheur de sa carnassière une énorme bouteille pleine d'alcali volatil.

— C'était contre les serpents, continua-t-il en examinant sa bouteille, mais ça fera très bien contre les lions, évidemment...

Sagababa, *criant*. — Quoi tu vas faire, beau blanc?

Philéas. — Tu vas voir ça, moricaud! (La lionne rugit.) Tu veux du bonbon, gourmande? patience! Pour ça, il faut sauter et ouvrir la gueule. Plus fort donc! Comme ça, très bien! saute, à présent... houp là! v'lan! ça y est!

La bête féroce venait en effet de recevoir dans la gueule et d'avaler à moitié la bouteille, adroitement et fortement lancée par Philéas.

— Grand blanc, que toi est admirable! cria Sagababa stupéfait.

PHILÉAS, *se rengorgeant*. — On ne manque pas d'esprit, négrillon. Vivat! c'est encore plus drôle que pour le lion... Elle suffoque! il y a de quoi; un demi-litre d'alcali, ça doit griser... Bon! la bouteille se casse! elle mâche le verre... comme elle danse! Ah! ah! en voilà une polka soignée! C'est déjà fini? quel dommage! Sagababa, nous sommes sauvés... viens me rendre grâces, mon enfant; je *nous* ai sauvés!

— Me voilà, beau blanc, s'écria le petit nègre en se précipitant à terre; victoire! toi être le roi des génies! Moi veux te servir partout, toujours! toi être maître à moi. Vouloir bien?

PHILÉAS. — Nous verrons ça, petit; peut-être t'attacherai-je à moi, Philéas Saindoux! à mon illustre personne. A présent, allons avertir Polyphème et nous reviendrons chercher nos victimes. Es-tu toujours là, fifi-mimi? (Il tâte sa tête.) Brave petit oiseau, il n'a pas bougé! Est-il bien apprivoisé! En avant, Sagababa!

SAGABABA, *chantant et dansant*.

Maître à moi est grand homme!
Faut que moi chante maître à moi!
Vais dire comment il est,
Comment est sa grosse personne!

Beaux petits yeux bien brillants
Comme ceux de fier sanglier des bois.
Il est beau, il est si beau,
Maître à moi, Philéas Saindoux!

(Philéas se rengorge.)

Gros nez dodu, potelé, tout rond,
Comme belle pomme de terre,
Grande belle bouche avec grandes dents
Comme celle de requin terrible!
Belle peau rose comme radis,
Douce comme celle de jolie baleine.
Il est beau, il est si beau,
Maître à moi, Philéas Saindoux!

PHILÉAS, *attendri.* — Il est gentil, cet enfant! il me
touche! il fait mon éloge avec une originalité charmante. Nous approchons enfin... Je vois Polyphème,
il me cherche... (Criant.) Tueur, cher Tueur, me
voici. J'arrive sain et sauf avec mon négrillon.

POLYPHÈME, *vivement.* — Comme j'étais inquiet,
mon cher Philéas! C'est vraiment imprudent à vous
d'aller si loin sans moi! On a vu ces jours-ci deux
lions énormes rôder dans les environs et...

PHILÉAS, *négligemment.* — J'en sais quelque
chose; je viens de les tuer.

POLYPHÈME, *incrédule.* — Pas possible! vous?
deux en un jour?

PHILÉAS. — Demandez à Sagababa!

SAGABABA, *très vite.* — Bien vrai, Massa Tueur!
Maître à moi promener avec pauvre Sagababa, causer; tout à coup... rrrrrrrroum! C'était lion! moi
grimper sur arbre; maître à moi sur rocher.
Lion sauter. Maître à moi lui fourrer cage dans
gueule. Lion faire « couic! » et crève...

7

POLYPHÈME, *riant*. — Bravo ! admirable, cela ! Philéas.

PHILÉAS, *avec modestie*. — C'est assez bien. Poursuis, Sagababa. Tu racontes très bien et pas longuement.

SAGABABA. — Après, lionne arrive : maître à moi faire : « Xi... xi... » et lance dans gueule...

POLYPHÈME, *intrigué*. — Encore la cage ?

SAGABABA. — Grosse bouteille sentant fort, fort !

POLYPHÈME, *étonné*. — Qu'est-ce que c'était, Philéas ?

PHILÉAS. — Mon alcali volatil, parbleu ! je n'avais pas d'autre arme.

POLYPHÈME, *éclatant de rire*. — Délicieux ! continue, petit.

SAGABABA. — Lionne danser, avaler alcali, mâcher verre et faire « couic ! » comme lion, voilà.

POLYPHÈME. — Mais c'est magnifique, ça, Saindoux, vous valez votre pesant d'or, mon ami ! Voilà une manière tout à fait à part de tuer les lions ! Gérard n'y avait pas encore pensé.

PHILÉAS. — Pour du mérite j'en ai, mais je vous avoue, mon bon Tueur, que je suis impatient d'organiser avec vous le transport de mes lions à Blidah. Faisons ça vite ! il me tarde d'envoyer leurs dépouilles à M. le Vicomte.

On partit promptement avec des mulets qui devaient porter les corps des bêtes féroces ; une multitude d'Arabes escortaient Polyphème et Philéas, se faisant raconter par ce dernier ce qui venait d'arriver ; Saindoux rayonnait ! ses grosses joues se gonflaient avec bonheur, sa démarche était majestueuse et cet air de dignité ravissait Polyphème.

Quand on arriva près des fauves morts, les coups de fusils éclatèrent; des centaines de voix faisaient l'éloge de Philéas. On mesura le lion avant de le hisser péniblement sur deux mulets. Il était grand comme un poulain; ses dents étaient plus longues

que le doigt le plus grand de Philéas, et sa tête énorme était si lourde qu'un homme ne pouvait la soulever; un collier de cheval était trop étroit pour son poitrail. C'était une magnifique bête. La lionne était grosse à proportion.

On chargea chaque bête féroce sur deux mulets attachés côte à côte et le retour à Blidah s'organisa au milieu des vivats et des coups de feu.

CHAPITRE XI

Le lendemain, Philéas, en sortant de sa chambre, trébucha sur un corps noir étendu en travers de sa porte. Il examina ce que c'était, secoua le dormeur et reconnut Sagababa.

— Oui, c'est pauvre négrillon, maître à moi, dit Sagababa en se frottant les yeux ; moi attendais tes ordres.

— Joliment! observa Philéas avec humeur; tu te fourres comme un paquet sur mon seuil pour me faire dégringoler; c'est bête comme tout, ça!

SAGABABA. — Mais, maître à moi...

PHILÉAS, *impatienté*. — Il n'y a pas de « maître à moi » qui tienne ; va te promener et laisse-moi tranquille! Je n'ai besoin de personne à mon service ; je ne veux décidément pas de domestique, entends-tu?

SAGABABA, *se rebiffant*. — Moi, pas domestique! moi, esclave de maître à moi.

PHILÉAS, *agacé*. — Prelotte! qu'il est entêté! Ah! voilà Polyphème. Cher ami, aidez-moi donc à me débarrasser de ce négrillon; il m'a accompagné hier, par hasard, dans mon expédition et voilà qu'il ne veut plus me quitter.

POLYPHÈME, *gravement.* — Ça ne m'étonne pas, Saindoux ; vous fascinez, en homme supérieur que vous êtes...

PHILÉAS. — Tueur...

POLYPHÈME. — Vous attirez...

PHILÉAS. — Cher Tueur...

POLYPHÈME. — Vous ravissez les cœurs...

PHILÉAS. — Oh ! très cher Tueur, vrai ! vous me comblez... n'importe ! je dis que je ne veux pas de négrillon ; faites-moi donc le plaisir de faire entendre raison à celui-là.

POLYPHÈME. — Très volontiers ; écoute, petit, tu nous assommes ! on n'a pas besoin de toi ici, nous partons pour la France, ainsi va-t'en. Nous n'avons pas trop de temps pour faire nos paquets. Venez, Philéas, m'aider à fermer ma malle. (Il entre dans sa chambre.)

PHILÉAS. — C'est très bien dit ! File, petit ; je t'ai payé hier soir, ne m'ennuie plus ; bonsoir. (Il entre chez Polyphème.)

Sagababa, resté seul, se gratta la tête avec colère.

— Et moi te dis que serai ton négrillon, gros blanc, marmotta-t-il à voix basse ; tu plais à Sagababa et il dit : « maître à moi est à moi. » Quoi faire ? Oh ! une idée !...

Le petit nègre se glissa dans la chambre de Philéas, et l'on n'entendit plus rien...

Au bout de dix minutes, Philéas parut à la porte de Polyphème, regardant à gauche et à droite avec inquiétude. La disparition de Sagababa le ravit et

il rentra chez lui en chantant pour continuer à faire
ses malles commencées.

— Tiens! se dit-il, c'est singulier... j'aurais juré
que cette caisse n'était faite qu'à moitié et la voilà
déjà finie... bonne avance! (Il fait ses paquets.) Là,
là et là... Eh bien! voilà les malles pleines et il
reste encore ces effets à emballer! tout tenait bien,
pourtant, à mon arrivée et je n'y ai rien ajouté.

(A Polyphème qui entre.) Dites donc, Tueur, en voilà
une drôle de chose! mes malles sont trop petites et
cependant je n'ai pas plus d'affaires qu'en arrivant!

POLYPHÈME, *gravement.* — Ça arrive quelquefois,
mon ami; les malles rétrécissent et se tassent, tandis que les effets se gonflent à être ballotés sans
cesse. Comprenez-vous?

PHILÉAS, *hésitant.* — Oui... un peu... pas beaucoup...

POLYPHÈME. — Ça ne fait rien; allons, cher ami, il est temps de partir, et comme je n'ai plus de poudre électrique, nous serons deux jours en route, cette fois-ci. Vite, ficelons votre ballot d'habits restés en trop et partons.

Les voyageurs firent à la hâte les derniers préparatifs et les commissionnaires de l'hôtel chargèrent les bagages sur leurs épaules.

UN COMMISSIONNAIRE (*grognant*). — Voilà une malle bien lourde! je vais avoir de la peine à l'emporter.

PHILÉAS. — Vous ne devez pas être fort, mon ami, car je la soulevais très facilement, tout à l'heure. (Il veut la remuer.) C'est singulier! elle est très pesante, à présent; pourquoi?

POLYPHÈME, *impatienté*. — Sac à papier! Saindoux, ne bavardons plus et partons; il en est plus que temps.

Le cortège s'achemina vers le bateau, Philéas marmottant sans cesse : « Elle n'était pas lourde ce matin et elle pèse ce soir... ce n'est pas naturel. »

On déchargea précipitamment les bagages, le bateau partit et l'on rangea les colis. Saindoux demanda en grâce qu'on lui laissât ouvrir sa grosse malle. Polyphème se moqua de lui; Philéas insista. Au milieu de cette discussion qui amusait les passagers et l'équipage, on entendit grignoter très fort... Chacun, fort surpris, fit silence.

PHILÉAS, *effaré*. — Là! vous voyez, ça part de la malle...

POLYPHÈME, *étonné*. — Le fait est que c'est singulier! allons, Saindoux, je me rends; ouvrez votre caisse, mon cher.

7.

UN PASSAGER. — C'est probablement un rat.

PHILÉAS, *agité.* — Prelotte! et mes biscuits de Reims qui sont là-dedans, ils vont être dans un joli état! (Ouvrant la malle.) Attends, gredin! que je t'écrase, que je t'étrangle, que je te broie, que...

UNE VOIX, *de la malle.* — Grâce! maître à moi, n'en ai mangé que six paquets...

PHILÉAS, *les bras au ciel.* — Oh! c'est Sagababa!...

POLYPHÈME. — Pas possible! (Donnant un coup de pied à la malle.) Sors de là, gourmand, que nous nous expliquions ta présence.

Au milieu des rires et des exclamations de tous, Sagababa en personne se dressa d'un air piteux, en faisant pleuvoir autour de lui un déluge de vêtements et de biscuits amoncelés sur sa tête. Ses cheveux laineux étaient pleins de miettes; il regardait Philéas d'un air de supplication si tendre et si comique que les rires devinrent convulsifs. Polyphème, en particulier, s'en donnait à cœur joie.

PHILÉAS, *abasourdi.* — Mais c'est que c'est lui... polisson! garnement! comment as-tu osé devenir mon bagage? Et dire que j'ai payé un excédent pour ce gamin-là! (On rit.) Je me disais aussi : tout ça n'est pas naturel! ma malle devenue pleine, devenue lourde... Animal!

SAGABABA. — Oui, maître à moi! (Rires.)

PHILÉAS, *crispé.* — Tu mériterais...

SAGABABA. — Oui, maître à moi!

PHILÉAS, *tapant du pied.* — Laisse-moi parler! tu mériterais d'être...

SAGABABA. — Oui, maître à moi!...

PHILÉAS, *trépignant.* — Mais laisse-moi donc parler, saprelotte! tu mériterais d'être assommé...

SAGABABA. — Par vous, maître à moi?

PHILÉAS. — Certes!

SAGABABA, *humblement*. — Moi, prêt alors. Saga-

baba est à maître. Maitre faire sa volonté avec pauvre négrillon.

PHILÉAS, *touché*. — Petit drôle! il m'attendrit... Que dois-je faire, Polyphème?

POLYPHÈME. — Le garder, mon ami; ce pauvre

enfant vous a dit être seul et abandonné. Permettez-
moi de me charger de son entretien et de le laisser à
votre service.

PHILÉAS, *lui serrant la main*. — Merci, cher Tueur;
je vous aime et j'accepte. (Solennellement.) Sagababa,
tu es à moi; remercie le ciel de ce bonheur... que
je ne crains pas d'appeler immense! (On rit.)

SAGABABA. — Vrai, bien vrai? maître à moi par-
donne à Sagababa? le garde?

PHILÉAS, *avec dignité*. — Oui, mon enfant.

En entendant ces mots, la joie du petit nègre ne
connut plus de bornes; il dansa, rit, pleura, baisant
les mains de Philéas et de Polyphème et finit par
exécuter une série de cabrioles plus extravagantes
les unes que les autres.

On remit en ordre tous les bagages et la fin du
voyage sur mer se passa tranquillement, égayée par
les conversations de Philéas et de Polyphème et par
les lazzis de Sagababa; ce dernier ne perdait pas une
occasion de dire avec une emphase et une joie profonde : « Enfin, maître à moi est bien à moi! »

CHAPITRE XII

CHARGEZ... ARMES!...

— Nous voici donc en route pour nos grands voyages, cher Tueur, dit Philéas avec joie pendant que le chemin de fer les emportait vers l'est. Quelle joie d'aller chasser les chamois.

POLYPHÈME. — C'est-à-dire, les chameaux !

PHILÉAS. — Je croyais que c'était des chamois?

POLYPHÈME. — Non, non; demandez plutôt à Sagababa.

SAGABABA. — Très vrai, maître à moi.

PHILÉAS. — Dis donc, petit, toi qui connais l'Algérie mieux que moi, sais-tu pourquoi les Arabes ne vivent pas dans leur patrie?

POLYPHÈME, *étonné.* — Comment? qu'est-ce que vous voulez donc dire?

PHILÉAS. — Mais certainement, cher grand homme; leur pays est l'Arabie, évidemment.

SAGABABA. — Très vrai, maître à moi; mais vous savoir qu'on dit : Arabie *pétrée;* là, sale pays; vilain, laid; Arabes manger cailloux, pour pain!

PHILÉAS, *attendri.* — Pauvres gens! (Polyphème rit à la dérobée.)

SAGABABA. — Alors, voilà ! Arabes quitter et venir en Algérie ; manger gibier très bon, fruits délicieux et pain excellent. Juste ça, maître à moi ?

PHILÉAS. — Oui, Sagababa. Drôle de négrillon ! il cause très bien, et toujours avec un air malin qui est cocasse tout à fait.

Le voyage se passa à merveille. On visita Strasbourg, son admirable cathédrale, on prit ensuite le chemin de la Suisse et Philéas, fatigué, demanda à Polyphème de passer la nuit dans une auberge de la petite ville de X...

On s'arrêta donc là et les amis se rendirent dans la chambre qui leur était destinée. Tout en déballant ses effets, Saindoux paraissait visiblement préoccupé et soucieux.

Si je demandais à Sagababa ? marmottait-il ; il est intelligent, il comprendrait, et vrai, j'en ai besoin... Ces coquins de voyages, ça échauffe le tempérament ! bah ! je vais essayer moi-même. Dites donc, Mademoiselle, ajouta-t-il à haute voix en s'adressant à la servante qui entrait en ce moment, je voudrais parler à l'hôte ; envoyez-le-moi, s'il vous plaît.

LA SERVANTE. — Wollen Sie mit Sagababa sprechen, mein Herr ? (1)

PHILÉAS. — Ce n'est pas dans votre baragouin que je veux parler, ennuyeuse fille ! l'hôte... (Gesticulant.) Moi... voir... hôte. Tout de suite... ici... Ah !!! comprenez-vous, à l'heure qu'il est ?

LA SERVANTE. — Ich kann nicht verstehen... (2)

---

(1) Voulez-vous parler à Sagababa, Monsieur ?
(2) Je ne comprends pas.

PHILÉAS. — Qu'est-ce qu'elle dit? qu'est-ce qu'elle ragote là?

POLYPHÈME, *riant*. — Elle dit : « Je ne comprends pas. »

PHILÉAS, *indigné*. — Ah! elle dit ça! après mes

explications, elle ose dire ça! Elle est idiote, évidemment!

LA SERVANTE. — Wollen Sie... (1)

PHILÉAS, *d'une voix tonnante*. — Califourchon !...

LA SERVANTE, *surprise*. — Wass? (2)

(1) Voulez-vous...
(2) Quoi ?

POLYPHÈME, *abasourdi*. — Qu'est-ce que c'est que ça ?

PHILÉAS. — Califourchon (1) ! je lui rends la monnaie de sa pièce, parbleu !... je lui réponds dans sa langue que je ne comprends pas.

POLYPHÈME, *éclatant de rire*. — Ah ! c'est délicieux ! Philéas, vous êtes un grand homme ! Quelle facilité pour parler les langues !

PHILÉAS, *flatté*. — Oui, je ne suis pas bête ! En attendant (il reprend son air soucieux) je n'ai pas ce que je voulais demander à l'hôte.

POLYPHÈME. — Qu'est-ce que c'est ? je vais vous le procurer, moi.

PHILÉAS, *hésitant*. — C'est que c'est très difficile à... je vais vous le dire tout bas ; ça me gênera moins. (Il lui parle à l'oreille.)

POLYPHÈME, *gaîment*. — Oh ! oh ! c'est difficile à trouver ici, en effet ! n'importe ; restez ici, cher Saindoux, je vais mettre Sagababa en campagne.

Resté seul, Philéas attendit avec anxiété l'objet mystérieux qui lui tenait si fort au cœur. Son front s'éclaircit en entendant un bruit de pas dans le corridor ; presque au même instant Polyphème reparut. Il précédait d'un air solennel Sagababa qui portait, comme un fusil, un de ces énormes et antiques instruments illustrés par M. de Pourceaugnac.

PHILÉAS, *reculant*. — Ah, Tueur ! qu'est-ce que c'est que cette machine-là ? c'est formidable !

POLYPHÈME, *tranquillement*. — Elle est un peu

---

(1) Philéas estropie ici la phrase : « Ich kann nicht verstehen. » Je ne comprends pas.

gênanté, mon ami, mais vous pourrez vous en servir tout de même.

PHILÉAS, *piteusement.* — Croyez-vous ?

POLYPHÈME, *souriant.* — Dame ! il n'en coûte rien d'essayer.

PHILÉAS. — Je vais la remplir d'eau tiède, d'abord, pour voir si elle marche bien.

POLYPHÈME. — Remplissons ! tous ces préparatifs m'intéressent beaucoup.

SAGABABA, *avec empressement.* — Voilà eau, maître à moi ; moi verser ?

PHILÉAS. — C'est ça, bon ! assez ; maintenant, je vais faire manœuvrer cette... machine... (Il la soulève.) Prelotte ! c'est presque comme un canon. Je suis curieux de voir si elle va bien avant de m'en servir pour tout de bon. (Il la prend sous son bras.)

POLYPHÈME, *intrigué.* — Qu'est-ce que vous faites donc ?

PHILÉAS. — Je la prends à bras le corps pour mieux la faire aller. (Il s'appuie contre une porte.) En m'arc-boutant comme ça...

POLYPHÈME, *gaîment.* — Et si la porte s'ouvrait ? si vous pénétriez ainsi... armé chez nos voisins ?

PHILÉAS, *avec assurance.* — Il n'y a pas de danger, c'est une porte condamnée ; voyez plutôt, il n'y a pas de serrure. (Il pousse la machine.) Marche, toi ! Est-elle dure, la coquine ! Oh ! mais je suis fort... et entêté donc ! hue... marche !... victoire ! elle mar... Ah ! miséricorde !...

La porte soi-disant condamnée venait de céder aux efforts de Philéas. Elle s'était ouverte avec violence et le gros jeune homme, armé de son instrument, était venu à reculons tomber assis entre deux anglaises qui déjeunaient.

La plus jeune s'évanouit; la plus vieille poussa des cris d'horreur! Ses « shocking » se succédaient avec la rapidité de l'éclair pendant que Polyphème et Sagababa se roulaient à force de rire. Ce spectacle était complété par l'immobilité du pauvre Saindoux, qui restait toujours assis d'un air hébété, avec son arme au bras.

Enfin Polyphème retrouvant son sang-froid fit lever son ami, l'emmena dans sa chambre et barricada l'odieuse porte, cause de tout le malheur.

— Quelle honte pour moi! dit alors Philéas, sortant de sa stupéfaction. Sauvons-nous, pour l'amour de Dieu!

POLYPHÈME. — Eh non! ces dames ne vous reconnaîtront pas.

— Vous croyez? demanda le pauvre Saindoux d'un air piteux.

— Très certainement, reprit Polyphème avec assurance; vous leur avez tourné le dos constamment.

— C'est vrai, observa Philéas rassuré.

— Et puis elles ne savent pas l'allemand, à ce qu'il paraît, continua Polyphème, et enfin elles ne se vanteront pas de ce qui vient d'arriver, soyez-en sûr. Allons! je vous laisse manœuvrer votre canon *pour de bon* comme vous dites. Je vais vous attendre en bas pour dîner.

Philéas rejoignit bientôt Polyphème, et le lendemain, les amis, escortés de Sagababa, continuèrent leur voyage, se dirigeant vers la Suisse pour chasser les... chameaux.

CHAPITRE XIII

CHASSE AUX... CHAMEAUX !

Absorbé par l'idée de sa grande chasse, préoccupé de voir bientôt les *chameaux* suisses, Philéas ne prêtait aucune attention aux taquineries de Polyphème et aux agaceries de Sagababa. Il restait sourd au gai ramage de son cher fifi-mimi ; cela favorisait les projets de Polyphème qui tenait à le mystifier aussi longtemps que possible et qui était charmé en voyant Saindoux ne se renseigner près de personne. Aussi s'ingénia-t-il à isoler son ami et à prévenir tout entretien pouvant amener une explication. C'est grâce à ces préoccupations qu'il put, quelques jours après leur installation dans un des sites les plus sauvages de la Suisse, armer Philéas de pied en cap. Ce dernier, en vrai frileux, se munit, avant de partir, d'un énorme manteau. Polyphème se récria, Philéas s'entêta ; Sagababa intervint pour soutenir son maître ; le manteau fut donc gardé et emporté triomphalement par Saindoux.

Polyphème posta Saindoux dans une position qui aurait donné des vertiges à un chamois, mais le gros chasseur était surexcité par l'espoir de voir bondir des *chameaux*, de les tuer au vol, pour ainsi dire, et il grimpa courageusement pour se rendre à son poste, c'est-à-dire au sommet d'un pic énorme, plein de crevasses et d'aspérités. Il y était à peine depuis un quart d'heure, s'impatientant de ne pas voir les fameux *chameaux*. (Il ne daignait pas faire attention à quelques animaux sveltes, rapides et charmants, que Polyphème, lui, ne méprisa nullement et dont il abattit le plus beau.) Le gros Saindoux ouvrit tout à coup de grands yeux, fit des signes à son ami, puis disparut dans une crevasse en poussant des cris de triomphe. Polyphème fut très intrigué. Aller rejoindre Philéas était difficile. Il lui fallait redescendre du poste qu'il s'était choisi, pour grimper ensuite près de Saindoux, et il balançait sur ce qu'il devait faire, lorsque des cris furieux l'alarmèrent sérieusement et lui firent comprendre la terrible imprudence que venait de faire son ami.

Deux immenses aigles fendant les airs arrivaient à tire d'ailes, prêts à fondre sur Philéas, qui réapparaissait tenant dans ses bras un jeune aiglon ; l'animal se débattait et ses cris plaintifs avaient attiré les parents.

— Garde à vous, Philéas, garde à vous ! s'écria Polyphème, justement effrayé.

Avec la rapidité que donne la terreur, le pauvre Saindoux rejeta l'aiglon dans l'aire, et avant que Polyphème eût pu deviner ses projets de défense, Philéas avait enflammé quelques allumettes et brandissait une torche faite en un clin d'œil, avec l'intérieur de l'aire. L'aigle femelle, qui s'était jetée sur Saindoux, ne put échapper à l'action dévorante

de la flamme ; elle alla s'abattre, mourante, sur un rocher, où elle expira après quelques courtes convulsions. A peine Philéas put-il constater ce premier succès. L'aigle mâle, un moment repoussé par la flamme, se jetait sur lui avec une rage nouvelle, lorsque Saindoux, arrachant son manteau accroché dans une crevasse, l'en enveloppa brusquement. Malgré les serres puissantes et le bec formidable de l'oiseau, l'épais tissu résista et fut maintenu par Philéas qui trépignait frénétiquement sur son dernier ennemi.

Les cris de l'aigle n'étaient rien auprès de ceux de Sagababa ; à demi grimpé sur le rocher où se passait cette scène, il s'égosillait à hurler : « Ils dévorent maître à moi ! ils dévorent maître à moi !... »

Pendant ce temps, Polyphème avait dégringolé de son poste et s'était lancé à la suite de Sagababa. Mais, arrêté par ce dernier qui restait immobile de terreur, il lui tirait vainement les oreilles pour se faire livrer passage et courir au secours de Philéas.

Il respira en voyant ce dernier ramasser l'aiglon et descendre du rocher.

PHILÉAS. — Victoire ! mes amis, j'ai encore vaincu ; j'arrache cet innocent à ses féroces et hideux parents et j'en enrichis une collection naissante. Tiens, Sagababa, voilà le fruit de mon triomphe ; voilà une dépouille *apime* (1), comme disaient les illustres Romains. Eh bien ! à qui est-ce que je parle ici ? prends donc cet animal, imbécile...

_____

(1) Opime.

Encore mal remis de sa terreur, le négrillon considérait avec dégoût l'aiglon que lui présentait son maître. Ce corps à peine couvert de plumes, ces yeux énormes, ce bec ouvert, tout cela lui faisait horreur.

— Maître à moi pas laisser gros monstre là haut? demanda-t-il d'un ton insinuant.

PHILÉAS, *avec sensibilité*. — En voilà une idée! puisqu'il est orphelin, il lui faut un père, un protec-

teur et un ami; ce sera moi. Toi, tu seras sa bonne, sa maman nourrice.

SAGABABA, *scandalisé*. — Oh! moi nourrice! et d'un monstre, encore! pas ça, maître à moi; pas demander ça à pauvre Sagababa...

POLYPHÈME, *riant*. — Tu t'y feras, mon brave! Allons, Philéas, votre main et que je vous félicite de votre manière de vous tirer d'affaire... fichtre! il faut avoir un fier toupet pour se défaire de ses ennemis d'une façon aussi originale.

PHILÉAS, *se rengorgeant*. — Vous êtes trop bon, mon illustre ami; je n'inaugure pas mal mes voyages, en effet, mais il s'agit d'en finir avec ce Sagababa...

En disant cela, il posa brusquement l'aiglon dans les bras du petit nègre. L'animal, jeté ainsi sur Sagababa, cria de plus belle et se débattit. Au dégoût de Sagababa se joignirent la colère et l'humiliation. Il suivit « maître à moi » en secouant avec rage l'aiglon et en lui serrant le cou pour le faire taire. Cette manœuvre eut un trop beau résultat. L'oiseau cessa tout à coup de s'agiter et de crier. Sa tête retomba sur l'épaule de Sagababa, qui ne fut pas peu alarmé en voyant la conséquence de son emportement. Il se mit à dorloter son oiseau, mais sans succès. L'aiglon ne bougeait plus, ayant été bel et bien étouffé par la main déjà vigoureuse de sa « mère nourrice ».

Inquiet et désolé, Sagababa ralentit le pas, afin que Saindoux pût ignorer encore le trépas de son « fils adoptif ».

Le gros Philéas tournait de temps en temps la tête, tout en revenant à l'auberge avec Polyphème. Il vit avec satisfaction les soins minutieux que Sagababa prodiguait à l'aiglon. Une bonne expérimentée ne s'y fût pas mieux prise.

— Cela va-t-il bien? lui cria-t-il; avance donc! tu marches comme une tortue.

— Le petit dort, répondit Sagababa avec onction. Moi aller doucement pour pas réveiller lui.

Cette réponse suffit à Philéas, qui ne s'inquiéta plus d'un « petit » si bien soigné, et Sagababa respira en le voyant entrer dans l'auberge sans faire attention à lui. Se glissant alors sans bruit dans la

cuisine, il saisit le moment où tout était en mouvement pour donner l'aiglon qu'il venait de plumer
à la fille de l'auberge, grosse dondon à demi idiote.
Il lui dit rapidement qu'il fallait cuire ce *dindon*
pour ses maîtres. La fille prépara machinalement
l'oiseau, sans faire d'observation, et Sagababa devint
radieux en voyant son imprudence cachée et ré-
parée, lui semblait-il.

Mais il n'était pas à la fin de ses terreurs. A
peine le dîner avait-il été servi que deux exclamations firent sortir Sagababa de sa cachette et le
firent arriver dans la salle à manger comme mû
par un ressort.

... Il se trouva en face de Polyphème qui, toujours goguenard, avait pris le *dindon* et l'exa-
minait avec une lunette d'approche, tandis que Philéas se frottait l'estomac tout en repoussant son assiette pleine. Derrière lui, l'hôte, effaré, regardait tour
à tour les dîneurs et la malheureuse volaille, cause
de tout ce tumulte. Devant ce spectacle, le coupable Sagababa défaillit...

POLYPHÈME, *gravement*. — Et vous dites que cette
bête est un simple dindon, mon hôte? Convenez que
c'est quelqu'hippogriffe et n'en parlons plus.

PHILÉAS. — Êtes-vous sûr, cher Tueur, que ce
ne soit pas quelque animal dangereux à manger?
J'ai l'estomac tout retourné... il me semble que j'ai
avalé de la gomme élastique!

L'HOTE, *exaspéré*. — Monsieur, frappez-moi, mais
n'insultez pas mes volailles. Ma réputation est faite.
Rien n'est comparable à ce qu'on mange ici...

POLYPHÈME, *railleusement*. — Ça, c'est vrai!...

L'HOTE, *avec énergie.* — ...Comme délicatesse, parfum, saveur...

POLYPHÈME, *riant.* — Ça, ce n'est plus vrai !

L'HOTE, *éclatant.* — Et qu'y a-t-il donc d'étrange dans cet animal, Monsieur ?

PHILÉAS, *indigné.* — Mais il y a tout, malheureux ! Ah ! vous osez douter... Eh bien ! mettez-vous ici... (Il le prend violemment par le bras et le fait asseoir à sa place.) Prenez ça (il lui met son assiette devant lui) et mangez-moi ça, si vous l'osez !

Ce fut un vrai coup de théâtre. Polyphème éclata de rire. L'hôte fut subjugué. Sagababa s'épouvanta.

— Oh ! non, maître à moi, s'écria-t-il d'une voix suppliante, pas faire ça !

PHILÉAS. — Ne pas faire quoi, bêtat ? tu vois bien que notre hôte va être convaincu par lui-même. Allons ! mon hôte, qu'en dites-vous ? Ah ! ah ! vous vous déconcertez ? je le crois, parbleu, bien ! il s'agit d'avaler, à présent...

En effet, l'hôte, après avoir pris à la hâte une bouchée de l'aile de volaille placée devant lui, avait paru stupéfait et faisait de vains efforts pour déguster le *dindon.*

Devant ce lamentable spectacle, le cœur naturellement bon de Sagababa n'y tint plus. Se jetant à genoux près de Philéas, il commença, d'une voix basse et entrecoupée, sa terrible confession, baissant les yeux pour ne pas rencontrer les regards du formidable Saindoux.

Polyphème riait aux larmes ; l'hôte avait les yeux écarquillés ; Philéas levait les bras au ciel.

—Mais a-t-on jamais vu ! s'écria-t-il, drôle, polisson ! tu tournes à l'assassin, à présent? Tu nous faisais manger un orphelin... détestable, pour un simple dindon ! tu mériterais...

POLYPHÈME, *s'interposant.* — Allons, allons, Saindoux ; tenez-lui compte de son bon mouvement, de son repentir...

PHILÉAS, *grognant.* — Il est joli, son bon mouvement ! M'étrangler mon adoptif au moment où je m'y attachais.

POLYPHÈME. — Il était bien mauvais, pourtant ! Et notre hôte n'est pas fâché de cette explication qui rend l'honneur à ses volailles.

L'hôte, rassuré, répondit majestueusement qu'il n'en voulait à personne. Philéas pardonna au petit nègre, qui faillit le faire tomber, dans les effusions de sa joie reconnaissante, et chacun se retira pour réparer les fatigues de la journée et rêver aux voyages encore à faire..

CHAPITRE XIV

LA TYROLIENNE

Le lendemain, le temps s'annonça si engageant et si beau que les voyageurs résolurent de faire une longue excursion. Ne songeant nullement à la chasse ce jour-là, ils ne se munirent que d'énormes ombrelles pour se préserver du soleil, devenu brûlant. Polyphème s'en servit sur-le-champ. Philéas plaça la sienne sur son dos et l'attacha en travers de son havre-sac.

La promenade fut longue et pittoresque ; les sentiers que parcouraient les deux voyageurs, escortés de Sagababa, conduisaient à des sites plus beaux les uns que les autres. Tantôt ils dominaient un village charmant ; tantôt ils côtoyaient un lac superbe, puis ils longeaient la lisière d'un bois sombre et touffu. Philéas était ravi ; il ne tarissait pas en éloges, en exclamations. Sagababa, quoique chargé des provisions, bondissait « comme un chameau », disait Philéas au grand amusement de Polyphème. Ce dernier s'épanouissait devant la verve grotesque de son gros ami. Arrivés sur un plateau, célèbre par la vue d'un vallon boisé qui s'étendait à perte de vue, il y eut une contestation. Philéas, fatigué, voulait aller par les bois et descendre directement vers le point de réunion déjà fixé.

Sagababa, altéré, était allé s'y installer d'avance,

précédant « maître à moi » pour préparer force rafraîchissements. Polyphème préférait suivre la route battue, qui lui offrait l'attrait d'un bon chemin et de superbes points de vue, chers à son œil d'artiste. Impatienté des objections de Philéas, il

crut le détourner de son projet en lui désignant un
sentier qui aboutissait (il le savait, pour l'avoir par-
couru quelques jours auparavant) à une prairie
entourée par de fortes palissades et par une haie gigantesque. Il suivit alors avec un intérêt malicieux
la course pittoresque du gros Saindoux.

Chargé de son havre-sac, essoufflé, rouge, trébuchant et grognant, Philéas descendit la colline à
travers les grands arbres qui l'accrochaient sans
cesse dans sa route. Tantôt c'était une branche qui
retenait sa casquette; tantôt c'était une racine où
s'empêtraient ses pieds. Il n'avait plus qu'une pensée:
arriver; qu'une idée fixe, se désaltérer bien à son
aise; aussi dégringolait-il avec une opiniâtreté qui
se mélangeait de colère à chaque nouvel obstacle
entravant sa marche. Il finit par être fiévreux, su-
rexité et donna tête baissée dans tout ce qui lui
semblait devoir s'opposer à sa descente furieuse.

Quant à Polyphème, il avait rejoint Sagababa. Ce
dernier s'était installé dans un renfoncement de la
vallée; la prairie clôturée le séparait de Philéas et
dominait le campement choisi.

Le petit nègre avait tout préparé pour le lunch.
La gourmandise aidant, il goûtait à tout, sous prétexte de constater si tout était digne de « maître à
moi ». Polyphème ne prêtait qu'une médiocre attention aux manœuvres de Sagababa; il était vivement
intéressé par les tribulations de Saindoux qu'il apercevait franchissant obstacles et haies. Une brèche
habilement faite avait permis à Philéas de se glisser
dans la prairie. Mais le gros touriste reconnut alors
avec dépit qu'il était enfermé comme dans une sou-

ricière. Aucune issue ne se présentait à ses regards désespérés. La prairie seule touchait à la vallée. A gauche et à droite les escarpements étaient gigantesques. Pour comble de malheur, il entendait rire Polyphème et apercevait la tête de Sagababa qui savourait de temps en temps le café de « maître à moi ».

— Tueur, s'écria le pauvre Saindoux, avec un accent de détresse, comment pourrai-je me tirer de là?

PolyPhème, *d'un ton compatissant.* — Retournez sur vos pas, mon bon; une petite demi-lieue pour regrimper, une petite demi-lieue pour me rejoindre, ce n'est pas grand'chose pour vous.

Philéas. — Merci! j'en ai assez des petites demi-lieues, surtout dans le genre de celle que je viens de faire. Tant pis! je vais escalader par ici.

Et Saindoux se mit à grimper sur un énorme chêne dont les branches lui faisaient espérer une descente possible. Mais il avait oublié qu'il avait sa grande ombrelle, toujours attachée au havre-sac. Il glissa tout à coup et se trouva suspendu dans le vide, gigottant et ahuri. Dans sa détresse, il poussa trois cris formidables sur trois tons différents. Polyphème s'en amusait de tout cœur.

Sagababa tournait le dos à la haie; il ne voyait rien de ce qui se passait et, sachant que Polyphème riait sans cesse, il ne s'étonnait pas de sa gaieté. Cependant les trois cris extraordinaires de Philéas charmèrent son oreille, paraît-il, car il dit naïvement à Polyphème:

— Quoi moi entends? belle tyrolienne chantée par maître à moi?

Pour le coup, Polyphème pensa étouffer.

— Ah! ah! ah! mon très cher, s'écria-t-il en se tenant les côtes. Il y a en vous l'étoffe d'un ténor. Recommencez donc, je vous prie. Sagababa est dans l'admiration. Vous dépassez Absalon; il ne chantait pas, lui, sur son arbre...

Philéas était exaspéré! il donna une si vigoureuse secousse à la misérable ombrelle, cause de sa honte, que tout cassa avec un fracas horrible et Saindoux, se détachant de l'arbre comme un énorme fruit, roula sur l'herbe et arriva sur Sagababa avec la rapidité d'une trombe. Il saisit la tête laineuse du petit nègre au moment où celui-ci tenait une bouteille de sirop et la dégustait.

Sagababa, épouvanté, poussa des cris affreux! le sirop inonda Saindoux, qui entraînait Sagababa à sa remorque; ce fut une scène indescriptible... Enfin Philéas se releva, rouge, tremblant, furieux, gluant et plein de feuilles, le sirop dont il était couvert ayant collé sur ses vêtements force débris. Sagababa terrifié prit la fuite et courut tout d'une traite se réfugier dans le bois.

— Allons, mon cher ami, dit Polyphème reprenant son sérieux; voilà encore une de ces aventures comme vous les aimez.

Philéas, *les dents serrées.* — Pas celle-là, Tueur! elle n'est pas à mon avantage...

Polyphème, *d'un air naïf.* — Mais si!... la gymnastique audacieuse est toujours admirée, et vous venez d'en faire d'une façon remarquable, ne le niez pas!

Philéas, *s'adoucissant.* — C'est un fait que je suis agile.

POLYPHÈME, *insistant.* —... Et intrépide! il faut être hardi pour s'élancer ainsi et trouver le temps de chanter une tyrolienne.

PHILÉAS, *calmé.* — Croyez-vous que c était vraiment une tyrolienne?

POLYPHÈME. — Oh! charmante! Sagababa l'a tout de suite admirée.

PHILÉAS, *ravi.* — Il a du goût, cet enfant! Tiens, où est-il?

POLYPHÈME, *avec aplomb.* — Il s'est sauvé, parbleu! vous lui avez tiré les oreilles en arrivant, parce qu'il touchait au sirop; ça lui a fait peur. Goûtons. Nous allons ensuite le rassurer et lui dire de venir remporter son attirail.

Les deux amis s'assirent et virent bientôt apparaître entre les branches la tête grimaçante du petit nègre.

Sagababa n'avançait qu'en tremblant, très inquiet de savoir comment il serait reçu. Il fut ravi de voir que Philéas était de fort bonne humeur; il se hâta de servir les chasseurs et de les accompagner à l'auberge où le gros Saindoux se nettoya de fond en comble, tout en se félicitant naïvement de se trouver encore avec une aventure illustre à enregistrer dans ses hauts faits de touriste.

CHAPITRE XV

EXCURSION CHAMPÊTRE

— Tueur, s'écria peu de joursa près le gros Sain-doux en entrant brusquement dans la chambre de Polyphème un beau matin, ne voulez-vous pas faire aujourd'hui notre grande ascension sur le mont Jolly?

Polyphème, à peine réveillé, se frottait les yeux et bâillait au nez de Philéas.

— Ah! peste! marmotta-t-il enfin; j'avais oublié notre partie. N'est-il pas trop tard pour l'entre-prendre? Nous avons, vous le savez, sept lieues à faire pour arriver au pied de la montagne. Or, mar-cher pendant sept lieues à la chaleur! plus l'ascen-sion, plus la descente, plus le retour!!! comment ferons-nous, d'ailleurs, si nous ne trouvons pas d'auberge au pied de la montagne? Il faudra cou-cher en plein air, en ce cas!

Philéas souriait imperturbablement pendant cette série d'objections, faites d'une voix endormie et plaintive.

— Tout cela est fort possible à combiner, cher ami, répondit-il. D'abord vous n'avez que cinq

lieues à faire pour arriver à la montagne. Au bas
du mont Jolly se trouve un petit village; notre hôte
l'a dit à Sagababa. Il sera très aisé de nous y
caser cette nuit; donc, si vous aimez mieux ne
faire l'ascension que demain, ce sera facile. Partons
vite, Tueur; tenez, je vais vous aider.

Et en parlant ainsi, le bouillant Philéas arrachait
les couvertures de son compagnon, lui passait dans
les jambes les manches de son habit et l'envelop-
pait dans son pantalon.

Ainsi secoué, tiré, houspillé, Polyphème sortit
vite de sa torpeur paresseuse et s'habilla en répa-
rant gaîment les méprises de Saindoux, puis, escortés de l'inévitable Sagababa, les deux amis prirent
le chemin que leur indiquait l'hôte.

Mais, pour plaire à son maître, Sagababa l'avait
trompé sur la distance qu'ils avaient à franchir
pour arriver à leur but. Après avoir fait cinq lieues,
les voyageurs se félicitaient d'être au terme de
leurs fatigues... Ils apprirent alors d'un passant
qu'ils avaient encore une longue course « de deux
lieues, » dit le paysan en hochant la tête.

— Fichu menteur! s'écria Philéas en s'élançant
vers Sagababa dans l'intention évidente de lui tirer
vigoureusement les oreilles...

Mais le petit nègre était très perspicace et avait
déjà prévu l'indignation de « maître à moi ».
Aussi d'un bond se trouva-t-il hors de portée de la
main vengeresse de Saindoux. Il grimpa avec une
agilité de singe jusque sur les plus hautes branches
d'un énorme prunier qui bordait la route, et là, rassuré sur le sort de ses oreilles, il se mit à manger

les prunes sauvages dont l'arbre était chargé. Polyphème, harassé, se coucha paresseusement sur le ta-
lus de la route à l'ombre du prunier.

— Ma foi! dit-il, une halte est nécessaire; reposez-
vous avec moi, Philéas. Je vais reprendre mon
somme de ce matin. Ne m'éveillez pas avant deux
heures, au moins. Je n'en puis plus!

Saindoux, malgré sa fatigue, ne voulut pas imi-
ter Polyphème qui dormait comme un bienheureux
deux minutes après s'être étendu sur l'herbe. Le
gros Philéas, plein de rancune contre Sagababa,
voulait le malmener à son aise et grommelait en
considérant la mine insolemment satisfaite de Sagababa sur son arbre.

Tout à coup il prit son courage à deux mains et
se hissa sur le prunier, à la grande terreur du négrillon qui n'avait pas compté là dessus.

La mine du petit noir était si piteuse, si comique
que le bon cœur de Philéas en fut désarmé. Il
éclata de rire au nez de Sagababa un peu rassuré.
Le négrillon offrit humblement à son maître
quelques belles prunes que Saindoux accepta avec
une dignité affable.

Les fruits plurent au gros Philéas. Tout en jetant un regard d'envie sur la pelouse où Polyphème
dormait de tout son cœur, il aida Sagababa à dé-
pouiller le prunier de sa récolte, tant et si bien
que Polyphème eut tout le loisir de se réveiller et
de contempler avec une admiration goguenarde les
exploits de son gros ami.

—Bon appétit, mon cher! s'écria-t-il. Ah ça! vous
avez donc un estomac de fer-blanc pour résister à

cette masse de fruits aigres que vous avalez avec tant d'entrain?

A la voix moqueuse de son compagnon, Saindoux avait dégringolé de l'arbre; il n'était pas satisfait d'être pris en flagrant délit de gourmandise enfantine et sentait sa dignité compromise. Aussi fut-ce avec une négligence affectée qu'il répondit :

— Oh! c'est un simple passe-temps; je tenais d'ailleurs à aller retrouver mon drôle là haut pour...

— ... lui tenir compagnie, répondit en riant Polyphème, je vois ça, mon cher! Mais, ajouta-t-il en regardant le soleil qui descendait à l'horizon, savez-vous qu'il se fait tard? Hâtons notre marche. Ou je me trompe fort, ou nous arriverons après le coucher du soleil dans le village qui nous a été indiqué tout à l'heure.

Philéas héla Sagababa, suivit Polyphème qui s'était déjà remis en marche et les trois compagnons reprirent leur course interrompue.

Polyphème avait dit vrai; leur halte avait été trop longue et la dernière demi-lieue fut faite presque à tâtons. Ils arrivèrent enfin dans le village; le silence qui y régnait indiqua combien l'heure était avancée. Ce fut en vain qu'ils parcoururent l'unique rue de l'endroit; ils ne virent aucune auberge.

Philéas était consterné! Polyphème prenait la chose en riant, suivant son habitude. Sagababa était désolé... Son estomac criait famine et il entrevoyait la possibilité navrante de se coucher à jeun !

— Que nous sommes bêtes ! s'écria tout à coup Philéas, inspiré par une idée subite.

— Merci, mon bon ! riposta Polyphème.

— Voici un village, continua Philéas très animé et sans faire attention aux répliques de son ami.

POLYPHÈME. — Ça, c'est un fait.

PHILÉAS. — Dans ce village, il y a une église...

POLYPHÈME. — C'est positif ; nous sommes devant.

PHILÉAS, *avec volubilité*. — Pour une église, il faut un curé ; pour le curé, il faut un presbytère ; donc nous allons y demander l'hospitalité...

SAGABABA, *avec élan*. — Et y manger, maître à moi ?

PHILÉAS, *avec majesté*. — Et y manger, mon enfant. Certes oui ! (Il se frotte l'estomac.) J'ai une faim canine, justement. Allons ! il faut frapper ici ; cette maison à droite me paraît être celle du curé. Avance, Sagababa, et introduis-nous convenablement.

Sagababa avait la fringale. Ravi de la perspective de manger et de se reposer, il se précipita vers la porte et tira le cordon de sonnette avec une telle violence, qu'il lui resta dans la main. Au moment où les amis allaient lui reprocher son impétuosité, la porte s'ouvrit et une vieille servante parut. A la vue de Sagababa qui s'élançait vers elle en criant : « Voilà maître à moi qui veut à boire et à manger ! » elle poussa un cri d'effroi, referma violemment la porte et on l'entendit barricader la porte en faisant des exclamations de toutes sortes.

Philéas et Polyphème se regardèrent avec consternation. Sagababa était pétrifié de son *succès*.

POLYPHÈME. — Elle nous a pris pour des voleurs !

PHILÉAS, *irrité*. — La vieille gueuse ! je lui en

fournirai des voleurs comme nous. (Il crie par le trou de la serrure.) Hé! Madame, nous sommes d'honnêtes gens, entendez-vous? des gens haut placés, même!

POLYPHÈME, *riant*. — Mais dans une fichue position pour le quart d'heure. Voyons, ne désespérons pas encore. Suivez-moi. J'ai remarqué en arrivant ici, dans l'enfoncement près de la montagne, une maison sur laquelle j'ai distingué vaguement une enseigne. C'est peut-être une auberge; allons-y.

Et Polyphème, prenant le bras de Saindoux, l'entraîna sans écouter les malédictions lancées par ce dernier contre Sagababa.

C'était une auberge! Les voyageurs purent enfin se rassasier et se reposer. Une bonne nuit les consola de leurs mésaventures et le lendemain, munis d'un guide, ils entreprenaient courageusement l'ascension du mont Jolly, entreprise qui va être racontée dans le chapitre suivant.

CHAPITRE XVI

L'ASCENSION

— Je suis encore plus éreinté qu'hier! s'écriait après quatre lieues de marche ascendante le gros Philéas tout haletant; et vous, cher Tueur?

POLYPHÈME. — Je le suis raisonnablement. Un être à part, c'est ce polisson de Sagababa; regardez-le grimper! il est fait pour cela.

Et en disant ces mots, le jeune homme contemplait avec envie le petit nègre qui bondissait comme une balle élastique devant la caravane.

L'éloge de Polyphème redoubla son ardeur. Il voulut faire une culbute; mais cet exploit ne s'accomplit pas sans émotion. Il retomba sur le côté et roula sur Philéas... Celui-ci trébucha sur Polyphème, lequel se raccrocha au guide... Si ce dernier n'avait pas eu la présence d'esprit de s'arcbouter sur son bâton ferré, il y aurait eu des malheurs à déplorer. Grâce à lui, tout se réduisit à quelques bosses et à plusieurs bleus. Philéas ne perdit pas cette occasion de tancer vertement Sagababa.

— Quelle est cette façon de rouler sur votre maître? s'écria-t-il; au lieu de m'approcher avec une précaution respectueuse, vous meurtrissez l'objet de votre vénération, petit drôle !

A cela, Sagababa ne répondit qu'en se grattant l'oreille d'un air penaud.

Enfin, après de nombreux efforts, les touristes arrivèrent au sommet de la célèbre montagne. Mais là, leur désappointement fut complet ; ils ne voyaient rien... D'épais brouillards les enveloppaient et dérobaient à leurs yeux toute apparence de vue !

— Sac à papier ! s'écria Philéas, avons-nous du guignon... Si nous avancions encore un peu, nous aurions, sans doute, à défaut de mieux une bonne installation pour déjeuner.

Il avait à peine fait vingt pas, en achevant ces mots, quand le guide s'élança vers lui et le ramena vers ses compagnons.

— Où courez-vous, Monsieur ? dit-il avec force. Par ici, la montagne descend à pic à quatre mille pieds !...

Polyphème saisit le bras de son ami qui pâlissait à l'idée de son imprudence, tandis que Sagababa effrayé s'accrochait aux basques de son téméraire « maître à moi ».

— Tenez, Saindoux, il faut faire notre deuil de toute vue, s'écria Polyphème. Consolons-nous en déjeunant ici tranquillement. Guide, avez-vous... Oh ! regardez, regardez donc, Philéas, le splendide et féerique tableau !

En effet, un coup de vent faisait mollement onduler les épais brouillards blancs qui s'ouvrirent tout à coup, montrant aux voyageurs ravis un spectacle vraiment sublime. A leurs pieds s'étendaient de vertes et ravissantes vallées ; çà et là des bois, des villages pittoresquement groupés dans les plaines,

et au loin, les blanches cimes des glaciers qui étincelaient aux rayons du soleil levant... A trois reprises, les nuées voilèrent et montrèrent aux tou-

ristes extasiés la vue merveilleuse qui les enchan-
tait.

Le soleil régna enfin en maître sur cette montagne
splendide et Philéas, revenant à la réalité, demanda
au guide s'il n'avait pas oublié les provisions. Son
ravissement changea de nature, sans être pour cela
moins intense, lorsqu'il vit s'étaler devant lui le
déjeuner...

A ses yeux de gourmand émérite s'offraient un
grand bol de crême glacée, un pain bis des plus ap-
pétissants, un immense fromage de gruyère et deux
larges flacons, l'un de vieux Bordeaux, l'autre de
Madère.

— C'est sublime! s'écria-t-il un instant après, la
bouche pleine, tandis que Polyphème éclatait de
rire devant cet enthousiasme prosaïque.

Mais il n'est si bonne occupation qui ne doive
finir. Le repas achevé, Philéas, cédant à la fatigue,
s'endormit après avoir (pour se mettre à l'aise,
disait-il) ôté ses guêtres, ses souliers et ses bas; il
resta jambes nues, malgré les observations du guide
et les plaisanteries de Polyphème. Ce dernier fut
bientôt absorbé par une esquisse de la vue superbe
qui s'offrait à lui; le guide et Sagababa causaient
entre eux.

Au bout d'une heure de sieste Saindoux se réveilla brusquement en poussant une exclamation
douloureuse. Polyphème se retourna.

— Qu'y a-t-il donc? demanda-t-il.

Philéas geignait en se frottant le mollet gauche
extrêmement enflé.

— En voilà une catastrophe! soupirait-il. On dit

que le bien vient en dormant... Regardez un peu si
c'est vrai pour moi? Ce n'est plus une jambe que
j'ai là, c'est une colonne! un pied d'éléphant... et
ça me cuit partout!

Polyphème examina le mollet malade.

— Vous avez attrapé là un fameux coup de so-

leil, répondit-il au dolent Philéas. La difficulté à
présent, c'est de descendre la montagne. Guide,
donnez-moi donc le restant de la crême. Beurrez-
vous la partie malade avec cela, Saindoux; cela ne
peut manquer de vous faire grand bien.

— Quel dommage! observait Philéas tout en se
frictionnant la jambe, de gaspiller comme cela cette

admirable crème! J'en aurais encore mangé avec tant de plaisir!

POLYPHÈME, *riant*. — Votre jambe l'absorbe pour vous.

PHILÉAS, *soupirant*. — Ce n'est pas la même chose, Tueur!

L'application de la crème fit grand bien à Saindoux; il put marcher sans trop de peine. Il lui fut impossible, toutefois, de remettre ses bas et ses guêtres, l'enflure étant trop considérable pour cela.

Le gros touriste fut très vexé de rester ainsi nu-jambes. Son humiliation augmenta lorsqu'il aperçut au bas de la montagne un groupe au milieu duquel s'agitait une vieille femme. Les gens composant ce rassemblement semblaient à la fois curieux et inquiets. Ils paraissaient attendre les touristes. Ceux-ci, arrivés à une certaine distance, entendirent des fragments de phrases qui les étonnèrent et les intriguèrent même beaucoup.

— Vous croyez que ce sont eux? disait une voix.

— Certainement, s'écria la vieille; je reconnais leur... (ici sa voix baissa et quelques mots échappèrent aux voyageurs); et puis, ajouta-t-elle, v'là leur singe avec eux.

PHILÉAS, *interloqué*. — Qu'est-ce qu'ils disent, ces gens-là? qui reconnaissent-ils? de quel singe parle-t-on?

POLYPHÈME, *se frappant le front*. — Parbleu! je crois comprendre... Philéas, c'est la vieille poltronne d'hier soir, qui a eu l'idée de nous prendre, vous et moi pour des voleurs et Sagababa pour un singe... Elle nous attend après avoir charitablement

ameuté le voisinage pour nous fourrer en prison.
En entendant cette explication rapide, Saindoux
poussa un cri d'indignation et Sagababa un hurle-

ment de colère. Ce dernier, hors de lui, courut
vers la servante occupée à pérorer et lui arracha
son bonnet en criant :

— Vilaine guenon! moi pas singe, entends-tu?

La vieille poussa des cris de détresse! Ceux qui l'entouraient se jetèrent sur Sagababa. Philéas et Polyphème s'élancèrent au secours du petit nègre et la mêlée fut complète!

Heureusement pour les voyageurs, le guide mit en peu de mots les principaux habitants au courant de ce qui s'était passé, et après avoir séparé les combattants, les explications commencèrent. Elles furent longues et laborieuses, l'impétueux Philéas interrompant à tort et à travers; la servante était de son côté bavarde comme une pie et entêtée comme une mule.

Le curé, qui était arrivé pour tout pacifier, avait beau vouloir la faire taire, il ne pouvait y réussir et la persuader de son erreur.

— Non, non, Monsieur le curé, répondait-elle avec obstination. Vous êtes la dupe de ces deux brigands. Ils ont un singe qui parle; ça prouve qu'il est plus pervers que les autres... Et regardez ce gros qui traîne la jambe! C'est un galérien échappé qui avait encore les fers aux pieds hier soir, soyez-en sûr! Ils ont voulu m'assassiner, moi qui vous parle! je dois savoir la chose mieux que vous! Croyez-moi, Monsieur le curé, faites arrêter ces bandits et leur animal. Si vous les laissez aller, il nous arrivera malheur à tous, c'est certain!

Sagababa trépignait en entendant la vieille parler de lui en ces termes; s'il n'avait été maintenu par Polyphème, il se fût jeté de nouveau sur sa calomniatrice; sa petite figure grimaçante de fureur ajoutait à la frayeur de la servante et la faisait crier de plus belle.

Philéas jugea à propos d'en finir par un coup de théâtre.

— Monsieur le curé et vous, Messieurs, dit-il avec majesté, les vaines paroles d'une personne que je m'abstiens de qualifier puisqu'elle appartient, quoiqu'à tort, au beau sexe... (On rit; la vieille se

rebiffe.) Ces vaines paroles, dis-je, ne portent point atteinte à des personnes telles que nous! Par notre richesse et notre position sociale élevée, je me plais à le dire, nous sommes au-dessus de propos stupides pour ne pas dire imprudents. Voulant convaincre cette pauvre insensée de son erreur et arrêter sa langue, incommensurablement longue et envenimée, voici cent francs que je vous offre pour les pauvres de votre village. Cette offrande convaincra tout le monde, j'espère, et l'on verra ce que nous sommes, c'est-à-dire, d'illustres voyageurs munis d'un nègre et voyageant pour satisfaire leur passion de chasse et d'aventures glorieuses !

A ce discours, les habitants crièrent bravo ! et merci ! Le curé remercia poliment. Polyphème, ne voulant pas être en reste de générosité, glissa un louis dans la main de la servante pour la dédommager de son bonnet perdu. Celle-ci se dérida, fit une grande révérence et, ne voulant pas manquer de bons procédés, tira une poignée de noix de sa poche et les offrit à Sagababa qui faillit s'irriter... mais qui, après réflexion, se mit à les manger à belles dents.

Chacun se sépara bons amis. Les voyageurs allèrent se reposer dans leur auberge et y soigner le mollet de Philéas ; ce dernier jugea prudent de se coucher en arrivant et de commander à Sagababa un énorme cataplasme de farine de lin, pour en envelopper sa jambe enflée.

CHAPITRE XVII

LE CATAPLASME

Le premier soin de Sagababa, le lendemain matin, fut d'apporter à Philéas un nouveau cataplasme. Cela semblait d'autant plus indispensable à Saindoux que de nombreux clous avaient surgi pendant la nuit et le faisaient vivement souffrir. Sagababa posa adroitement le cataplasme et allait se retirer lorsqu'un cri de Philéas le fit bondir.

Saindoux, effaré, regardait tour à tour le petit nègre, la jambe enveloppée et Polyphème, accouru à l'exclamation de son ami.

— Mais c'est de la moutarde, petit imbécile ! s'écria-t-il enfin en revenant de sa stupeur. De la moutarde qui me brûle atrocement !... Ote-moi ça, tout de suite.

Sagababa, *inquiet*. — Oh ! maître à moi, faut pas toucher à cataplasme ; ça calme !

Philéas, *se trémoussant*. — Comment, ça calme ! drôlement, par exemple ! Diable ! cela cuit, au contraire... Ote-moi vite cette moutarde.

Sagababa, *désolé*. — Maître à moi, pas vouloir guérir avec cataplasme ?

10

Philéas, *gigottant*. — Pas à la farine de moutarde, garnement. Donne-moi de la farine de lin à la place de ce fer rouge.

Polyphème, *impatienté*. — Allons donc! Sagababa, obéis à ton maître et ne raisonne pas.

Sagababa, *pleurant*. — Moi vouloir guérir maître à moi; pas ôter graine de lin.

Polyphème, agacé, prit la jambe de Philéas et aida ce dernier à se débarrasser du cataplasme posé par le petit nègre dans son dévouement maladroit.

En voyant cela, les pleurs de Sagababa redoublèrent. Philéas allait lui ordonner de se taire ou de partir lorsque Sagababa, interrompant subitement ses sanglots, se précipita vers le cataplasme, le saisit et sortit en toute hâte.

Restés seuls, les deux amis se regardèrent avec surprise.

— Pourquoi ce changement subit? demanda Polyphème.

— Il comprend enfin sa sottise, dit Philéas en mettant sur sa jambe rougie une compresse d'huile de millepertuis. Fichu gamin, est-il entêté? hein! l'est-il?

Il achevait à peine ces mots que Sagababa reparut avec une mine triomphante, le fameux cataplasme à la main.

— C'être graine de lin, maître à moi! s'écria-t-il en entrant. Sagababa est sûr, à présent! lui en avoir mangé.

Philéas, *ahuri*. — Mangé quoi? de quoi as-tu mangé? du cataplasme? de la moutarde?

Sagababa, *avec force*. — Mangé cataplasme graine

de lin, maître à moi; à présent, sûr; maître à moi
mettre ça?

Polyphème partit d'un fou rire en voyant la figure
radieuse de Sagababa et la mine pétrifiée de Saindoux.

— Sale garçon! grommela enfin ce dernier:

goûter d'une chose qui vient de toucher à un tas de
clous! je n'en veux pas de ta farine de moutarde,
entends-tu, entêté mulet!

Sagababa, *avec énergie.* — Maître à moi goûter
cataplasme pour savoir si c'est graine de lin!

Philéas. — Fi l'horreur! Certes non, je n'y goû-
terai pas. Emporte ça tout de suite. Je me soignerai
sans toi.

Le petit nègre ne répliqua rien. Il se retira en marmottant : « C'est graine de lin; maître à moi verra! »

L'appétit de Philéas n'avait pas disparu malgré sa jambe malade. Son déjeuner fut copieux et il se mit à table le soir, pour dîner, avec un entrain égal à celui du matin.

— Qu'est-ce qu'il y a à manger? demanda-t-il en dépliant sa serviette. Du bœuf? Ah! très bien; j'aime le bouilli, surtout avec de l'assaisonnement. Sagababa, donne-moi la moutarde, mon garçon... merci.

Quelques instants s'écoulèrent pendant lesquels Saindoux, absorbé, mangeait lentement. Tout à coup, il se retourna vers le négrillon...

— En voilà un idiot! s'écria-t-il; il me donne ce matin de la moutarde pour de la graine de lin, et ce soir, de la graine de lin pour de la moutarde!

Chose bizarre... en entendant ces mots, Sagababa rayonnait...

— Moi avoir raison; maître à moi, voir ça enfin! s'écria-t-il. C'être graine de lin de ce matin!

Philéas, *abasourdi*. — Ça, c'est le cataplasme de ce matin?

Sagababa, *avec joie*. — Oui, maître à moi.

Philéas, *suffoqué*. — Ce que tu as mis sur ma jambe?...

Sagababa, *de même*. — Oui, maître à moi; pas farine de moutarde, hein?

La parole expirait sur les lèvres de Philéas... Il se tourna machinalement vers Polyphème. Ce dernier qui, heureusement pour lui, n'avait pas encore

dégusté la fameuse graine de lin, riait aux larmes
et du dialogue et de la figure des interlocuteurs.

Enfin Philéas, recouvrant ses esprits, empoigna
la graine de lin et la lança à la tête de Sagababa en
criant de toutes ses forces :

— Sale polisson !

Le petit nègré, la figure inondée de cette pâte
gluante, disparut en un clin d'œil et courut se réfugier dans la cuisine.

Mais le dîner était fini pour Philéas, écœuré par
ce que venait de lui faire avaler Sagababa.

Il assista tristement au repas de Polyphème et se
retira chez lui le soir, en se promettant bien de ne
plus laisser Sagababa le soigner si despotiquement.

. . . .

— Avant de partir pour la Pologne, mon très cher,
dit Polyphème au gros Saindoux, lorsque ce dernier
fut rétabli ; allons donc faire une promenade dans
les environs ; pour nous éviter toute fatigue, je suis
d'avis de prendre simplement une voiture ; ce sera
plus commode et plus rapide.

— Je ne demande pas mieux, s'écria Philéas ; il y
a longtemps que je n'ai conduit et je ne veux pas
perdre mon talent de cocher. Je vais vous mener un
peu lestement, Tueur, vous allez voir. Hé ! Sagababa, fais-nous venir l'hôte afin de lui louer ce qu'il
nous faut pour une excursion.

Sagababa se précipita pour obéir et revint bientôt, escorté de l'hôte qui venait d'être mis au courant par lui de ce dont il s'agissait.

L'hote, *affairé*. — Ces Messieurs veulent une voiture et un cheval? J'ai leur affaire. Un charmant

petit tilbury presque neuf et un cheval excellent qu'un enfant conduirait. Ces Messieurs veulent-ils qu'on attelle immédiatement?

— Certainement, répondit Philéas enchanté. Sagababa, va l'aider et reviens nous avertir quand tout sera prêt... N'est-ce pas, cher Tueur?

Polyphème. — Un instant! vous êtes trop confiant, Saindoux; allons voir ce qu'on nous propose, d'abord. Il ne nous faut ni une charrette, ni une rosse; la voiture et le cheval doivent être convenables.

Philéas. — Au fait, vous avez raison; examinons notre équipage, avant de nous y installer. Peste! je me rappelle encore un certain accident...

L'hote, *vexé*. — Ces Messieurs vont voir par eux-mêmes qu'ils peuvent avoir toute confiance en moi!

Et il suivit en grommelant les deux amis. Les jeunes gens, escortés de Sagababa, s'étaient dirigés vers la remise.

L'hôte leur exhiba alors triomphalement un horrible véhicule ressemblant beaucoup à une gigantesque araignée. Un petit siège, avec une boîte mobile destinée à mettre des chiens, tout par sa disposition semblait désagréable et ridicule. Les touristes se regardèrent avec indécision.

— Qu'en dites-vous? demanda enfin Philéas.

Polyphème, *haussant les épaules*. — Dame! pour laid, c'est laid! il n'y a pas à dire. Mais enfin, c'est transportable et nous n'avons que cela sous la main.

Sagababa, *se récriant*. — Maître à moi peut pas

aller là dedans. C'est impossible... pas assez de place pour trois.

PHILÉAS. — Est-ce que je songe à t'emmener aujourd'hui, petit imbécile ! Je n'ai pas besoin de toi ; nous ne faisons qu'une promenade en voiture.

SAGABABA, *vivement*. — Maître à moi prend pas Sagababa ?

PHILÉAS. — Ma foi non !

SAGABABA, *insistant*. — Sagababa pas vouloir quitter maître à moi ! Lui aller sur genoux de maître à moi. Bien, comme ça ?

PHILÉAS. — Idée saugrenue ! Tu crois que je vais t'empiler sur nous et m'écraser de ton poids ? dans une promenade d'agrément ! va te promener à pied où tu voudras ; je te donne congé jusqu'à ce soir. Allons voir le cheval à présent, Polyphème.

Et les jeunes gens sortirent de la remise avec l'hôte, laissant Sagababa humilié et désappointé...

Mais, nous le savons, le petit noir était entêté. Il ne se tint pas pour battu. Il referma soigneusement les portes de la remise et, à part quelques froissements de paille, on n'entendit plus rien.

Les deux amis avaient examiné le cheval. Il paraissait vigoureux, mais il avait une jambe de derrière enveloppée de linges et soigneusement ficelée, ce qui éveilla la méfiance de Philéas ; les plaisantes remarques de Polyphème excitèrent l'indignation de l'hôte.

PHILÉAS, *avec fermeté*. — Je n'attelle pas cet animal si je ne vois pas ce qu'il y a sous cette toile. C'est peut-être un invalide !

POLYPHÈME, *riant*. — Au fait ! s'il avait une jambe

de bois, ce vétéran... A-t-il servi dans la cavalerie ou dans l'artillerie, mon hôte?

L'HOTE, *suffoqué*. — Monsieur!... Messieurs!... mon cheval est intact, sachez-le. Il a une écorchure, voilà tout. Cela arrive à tout le monde, Monsieur en est la preuve.

PHILÉAS, *mécontent*. — Eh! dites donc, l'aubergiste, ne me comparez pas à une bête, entendez-vous! Modérez vos idées biscornues et développez-nous cette toile. Je suis comme saint Nicolas (1), moi; il faut que je voie pour croire.

POLYPHÈME. — Vous dites, mon ami?

PHILÉAS, *avec une fausse modestie*. — Oh! je fais une simple citation historique pour confondre notre hôte.

La gaieté de Polyphème flatta Philéas qui, persuadé que son ami riait de la colère de l'aubergiste, fit chorus avec entrain.

L'hôte, ayant développé avec humeur les bandages qui cachaient la jambe malade, fit voir qu'à part des écorchures en voie de guérison, l'animal n'avait, en effet, rien de sérieux et qu'il pouvait très bien marcher.

On reficela le tout et l'hôte, radouci par la perspective d'un bon paiement, attela le cheval et amena le tilbury devant les deux touristes.

(1) Philéas veut dire saint Thomas.

CHAPITRE XVIII

PROMENADE EN VOITURE

Au moment de monter dans le tilbury, Philéas regarda autour de lui.

— Que cherchez-vous, Philéas ? demanda Polyphème.

— Je regarde où est passé ce drôle de Sagababa, répondit Saindoux ; je voulais lui recommander...

— Bah ! repartit Polyphème avec impatience ; il a déjà profité de votre permission, allez ! il est à courir de côté et d'autre. Montez donc, mon cher, et laissez ce gamin tranquille.

Les touristes s'installèrent dans la voiture.

— Pristi ! que c'est étroit ! s'écria Philéas.

— Et dur ! gémit Polyphème.

— Il me semble être dans un collier de force ! continua Saindoux en faisant des contorsions.

— Je suis convaincu que le siège est rembourré de clous et d'instruments malfaisants, ajouta son ami.

L'hôte se serait de nouveau fâché tout rouge, si les jeunes gens n'avaient ri, tout en se plaignant de la sorte. Il se promit de leur faire payer leurs plaisanteries en chargeant sa note d'autant plus. Il ouvrit à deux battants la porte de la cour et, comme la voiture sortait, la paille qui remplissait la boîte s'agita et l'hôte vit apparaître la tête laineuse de Sagababa.

— Messieurs, s'écria-t-il, Messieurs, arrêtez! vous chargez trop la voiture... la caisse n'est pas...

Le bruit des roues empêcha les jeunes gens d'entendre les réclamations de l'aubergiste et le négrillon, se doutant que l'hôte voulait dénoncer sa présence, lui fit de son trou une grimace hideuse.

... Mais la joie du petit nègre parvenu à ses fins fut de courte durée. La voiture allant au grand trot le secouait horriblement; il commençait à regretter son escapade. Le cheval, vigoureusement fouetté par Philéas, allait comme le vent et Sagababa, de plus en plus mal à l'aise, entendait avec dépit les jeunes gens rire, causer et exciter gaiement le cheval.

— Quoi faire? se dit-il. Si moi appelle maître à moi, furieux! tirer les oreilles! donner calottes! renvoyer Sagababa à l'auberge... Et l'hôte, rire de Sagababa. Si moi pouvais arrêter diable de cheval... Ah! lui avoir ficelle qui pend à jambe malade. Bon, ça! moi tirer dessus et lui aller au pas.

Enchanté de son idée, Sagababa attrapa adroitement un bout de la corde mal rattachée qui traînait et il l'attira à lui... L'effet fut magique; le cheval s'arrêta tout court.

PHILÉAS, *étonné*. — Tiens! qu'est-ce qu'il a donc, ce cheval? Allons! hue!

Il donna un coup de fouet, mais sans aucun succès.

POLYPHÈME. — C'était trop beau pour durer, ces allures. Allons, animal, va donc !

Polyphème piqua la croupe avec son bâton ferré. Le cheval, excité d'un côté, de l'autre retenu solidement par Sagababa, prit le parti de marcher sur trois pieds, laissant en l'air la jambe faite prisonnière par le rusé négrillon. Il alla ainsi en trottinant ; il sautait d'une façon si bizarre que Polyphème fut pris d'un fou rire.

PHILÉAS, *rageant*. — Il n'y a pas de quoi rire, allez ! Ah ! quelle misère de se trouver ainsi avec une bête éclopée... Elle est jolie, notre promenade ! que faire, Tueur ? Ne riez donc pas si fort, mon ami, cela m'agace ! Quand je vous dis qu'il n'y a pas de quoi ! Tiens, j'ai une idée... Voilà une rivière, faisons baigner le cheval ; l'eau fera du bien à sa jambe et il remarchera.

En disant ces mots, Philéas dirigea le cheval sur la berge... avant que Sagababa ait pu se rendre compte de ce qui se passait, il avait de l'eau jusqu'aux oreilles. Aveuglé, effrayé, il tira convulsivement sa ficelle avec une telle force que le cheval recula violemment contre un rocher et fit verser la voiture ; promeneurs et équipage, tout culbuta sur la rive.

En se remettant sur ses pieds, encore tout étourdi de la chute, Philéas regarda machinalement autour de lui.

Quelle ne fut pas sa stupéfaction en voyant le petit nègre à ses côtés ?...

POLYPHÈME, *se relevant*. — Ah ! tout se découvre enfin ! Ou je me trompe fort, ou ce garnement est pour beaucoup dans notre accident. Voyons! où étais-tu, polisson? et qu'as-tu fait?

Bouleversé de son bain et de sa chute, Sagababa n'eut pas l'idée de mentir et raconta, les mains jointes, les yeux baissés et la voix tremblante, ce qu'il avait imaginé pour empêcher le cheval de trotter.

Philéas écoutait, bouche béante... Quand le coupable eut fini, il se tourna vers Polyphème.

— Et vous croyez, Tueur, s'écria-t-il, que ça se passera tranquillement comme ça! que faire à ce gredin? Si je l'emballais et si je l'expédiais dans son pays natal, il ne l'aurait pas volé et nous serions tranquilles; qu'en dites-vous?

A ces mots, le négrillon éclata en sanglots bruyants.

— Sagababa, jamais quitter maître à moi, cria-t-il; moi, me cramponner à lui et jamais lâcher...

Et il se précipita sur Saindoux qu'il étreignit avec désespoir.

Philéas tenta vainement de se dépêtrer; il le pouvait d'autant moins qu'il n'était nullement aidé par Polyphème, celui-ci ne perdant pas une si belle occasion de rire. Enfin il parlementa; il fut convenu que Sagababa lâcherait prise, retournerait à l'auberge et y attendrait patiemment les voyageurs. Ceux-ci, enfin délivrés du petit nègre, relevèrent la voiture, rafistolèrent les harnais du cheval et purent reprendre paisiblement le cours de leur promenade.

Entraînés par la beauté des sites, les jeunes gens n'avaient pas remarqué le changement de l'atmosphère et les signes menaçants d'un orage prochain.

Lorsqu'ils s'en aperçurent, ils changèrent de direction et voulurent revenir rapidement à l'auberge.

Mais le cheval, fatigué, refusa d'aller autrement qu'au pas et les voyageurs essayèrent vainement de le faire trotter. Leurs cris et leurs coups furent inutiles. Pendant une heure ils durent se résigner à marcher comme un enterrement, dans une obscurité croissante. Les nuages assombrissaient le ciel de plus en plus. Un éclair flamboyant fit sortir tout à coup le cheval de sa torpeur; il se mit au trot d'abord, au galop ensuite, au grand contentement de Polyphème qui se fiait à son instinct, mais à la grande terreur de Philéas que cette course folle épouvantait.

— Arrête!... holà... ho!... ho là! criait-il en tirant sur les guides. Tu vas nous fracasser. Tirez avec moi, Tueur; nous sommes en danger de mort, c'est sûr! cette bête devient infernale...

— Et les morts vont vite! remarqua Polyphème d'un ton lugubre.

— Saprelotte! s'écria Philéas en frissonnant, vous avez de fichues idées, mon ami. Ah! s'il m'arrive malheur, je veux vous dire mes dernières volontés...

Un éclat de rire de Polyphème interrompit Saindoux.

PHILÉAS, *scandalisé.* — Vous riez, vous osez rire... Eh bien! si c'est vous qui mourez et moi qui vous survis, vous ne prévoyez donc rien à demander? rien à... aïe!...

Sans s'en douter, les promeneurs étaient arrivés à l'auberge et le cheval, en entrant au grand galop dans la cour, avait accroché le tilbury à la borne.

Philéas fut lancé dans les bras de l'aubergiste, et Polyphème sur le dos de Sagababa, en train de dévorer une tartine. Après le pêle-mêle de cette brusque arrivée, chacun reconnut avec plaisir qu'il était sain et sauf et alla se refaire et se reposer, grâce à un bon souper et à un bon lit.

CHAPITRE XIX

LES LOUPS

— En route pour la Pologne! dit joyeusement Philéas à son ami, deux jours après leur promenade. Vous savez que nous allons y préluder à nos grandes chasses. Nous essayerons là si les loups ont la peau dure.

Polyphème souriait de l'ardeur de Saindoux; il adopta volontiers la proposition de partir et les jeunes gens, suivis de Sagababa, se dirigèrent vers la Lithuanie, où ils comptaient se donner les émotions de chasses aux loups.

Le voyage fut heureux, à part les doléances de Philéas sur le froid et les gémissements de Sagababa, qui claquait des dents pour renchérir sur son maître.

Les touristes arrivèrent sans encombre à l'endroit le meilleur pour s'installer et y attendre le moment favorable des chasses.

Les préparatifs de Polyphème furent sérieux; il s'agissait de courir de vrais dangers et le jeune homme força Saindoux à se munir de tout ce qui lui sembla nécessaire. Philéas avait néanmoins fait en cachette quelques préparatifs bizarres, aidé par Sagababa qui se montrait tout fier de la confiance que lui témoignait son maître.

Polyphème, intrigué, chercha vainement à savoir en quoi consistaient les arrangements de chasse de Saindoux. Ce dernier ne voulut répondre que fort évasivement et Polyphème ne put tirer du négrillon qu'un éloge emphatique de « maître à moi ».

Les jeunes gens, tout en s'occupant de la sorte, mettaient pourtant le temps à profit; ils visitaient les environs, s'initiaient aux coutumes des habitants et s'entendaient avec eux pour leurs excursions et leurs chasses. L'hiver si impatiemment attendu par eux arriva enfin. Tout se revêtit dans les campagnes d'une épaisse enveloppe de neige. Les sapins seuls conservaient leur sombre verdure, quoiqu'à demi cachés sous leur parure blanche.

Les eaux glacées offrirent alors aux chasseurs des passages sûrs et solides.

Les jeunes gens, enchantés, se concertèrent avec quelques propriétaires secondés par leurs paysans, et un beau matin ils montèrent en traîneau et se dirigèrent vers une des sombres et vastes forêts dont regorge la Lithuanie.

La chasse devait se faire sans descendre de traîneau et Polyphème croyait que Philéas avait adopté comme lui cette manière de chasser, la plus sûre pour des étrangers inexpérimentés. Mais il avait compté sans l'entêtement de son gros compagnon. Lorsqu'il vit au loin le féroce gibier qu'il cherchait, il se retourna pour appeler Philéas, et sa stupeur fut grande en n'apercevant pas le traîneau de Saindoux dans lequel se trouvait aussi Sagababa. Il s'informa d'eux à ses compagnons. Ceux-ci n'avaient pas plus remarqué que Polyphème la disparition de Philéas...

On s'arrêta, on appela, mais en vain. Personne ne répondit, l'on ne vit rien... En revanche quelques hurlements, rares d'abord, puis nombreux ensuite, montrèrent à tous qu'il leur fallait rebrousser chemin et battre en retraite au lieu d'attaquer. Bientôt le danger augmenta... Une bande de loups gagna de vitesse les traîneaux, et les chasseurs durent se défendre à coups de feu d'abord, puis à coups de crosse. Des hennissements partant non loin de là firent dresser l'oreille aux loups. Ils se précipitèrent en grand nombre vers l'endroit d'où venaient ces clameurs, et les combattants purent s'arrêter et venir à bout du reste de la bande.

Polyphème était dévoré d'inquiétude! Il avait cru entendre, non seulement les hennissements qui avaient attiré les loups, mais des exclamations poussées par Philéas... Il en fit part à ses compagnons. Ceux-ci furent d'avis d'aller chercher du renfort avant de s'aventurer vers l'endroit indiqué par Polyphème. Le jeune homme dut se résigner à les accompagner et céder à leurs raisonnements.

— Si votre ami a pu trouver un abri sur un arbre, il ne court pas de danger immédiat, lui dirent-ils. Dans le cas contraire, il est déjà la proie des loups qui l'auront dévoré en même temps que les chevaux.

Pendant qu'ils s'éloignaient pour revenir en

nombre suffisant, voyons ce qu'étaient devenus Philéas et Sagababa.

Lorsqu'on était entré dans la forêt, le gros Saindoux avait peu à peu ralenti l'allure de ses chevaux
et, lorsqu'il eut perdu de vue ses compagnons, il se
retourna en riant vers Sagababa.

— Hein ! petit, est-ce bien manœuvré ? s'écria-
t-il. Allons par cette route maintenant, et nous aurons notre paire de loups en moins d'une heure; tu
verras.

— Et puis revenir à la maison après, pas vrai,
maître à moi ? demanda Sagababa dont les dents
claquaient de peur.

PHILÉAS. — C'est évident, nigaud. Dès que j'aurai
mon affaire, je ne resterai pas ici où il fait un froid...
de loup, c'est le cas de le dire. Tiens, voilà un beau
sapin, nous y serons à l'abri de la neige. Arrêtons-
nous ici ; nous nous y mettrons facilement en embuscade. Attache les chevaux à l'arbre... solidement,
donc ! il ne faut pas qu'ils nous échappent en entendant tirer; là, c'est bon. Eh! bien ! qu'est-ce que tu
fais, à présent ?

En effet le petit nègre, après avoir obéi à son
maître, grimpait lestement sur le sapin au pied duquel se tenait Saindoux. Ce dernier, tout en ne
croyant voir qu'un ou deux loups dans cette partie
de la forêt qu'il supposait peu visitée par les bêtes
fauves, était néanmoins mal à son aise, aufond du
cœur. Aussi s'agitait-il pour donner le change à Sagababa et pérorait-il en conséquence.

— Poltron! continua Saindoux, n'as-tu pas honte ?
aller grimper là-haut comme un lézard ! Regarde-

moi, imite-moi. Suis-je assez calme! assez brave!!
J'attends de pied ferme, moi, je ne reculerais pas pour
un... Miséricorde! qu'est-ce que je vois? un trou-

peau de loups! Comme ils accourent, les bandits...
et ces gredins de chevaux, qui hennissent! Voulez-
vous vous taire, sales bêtes... Comment les détacher?
Les loups arrivent... Aide-moi à grimper, Sagababa,
ou je suis perdu!...

Il fut heureux pour Philéas que l'excès de la terreur l'eut rendu agile, au lieu de le paralyser, car il était à peine sur l'arbre lorsque les loups arrivèrent. Ils se jetèrent avec la frénésie de la faim sur les chevaux; malgré les ruades désespérées de ces pauvres bêtes, ils eurent bientôt mis en pièces l'attelage de Philéas. Du haut de son arbre Saindoux, les cheveux dressés sur la tête, les regardait faire tandis que le négrillon, au comble de l'épouvante, poussait des cris aigus et se cramponnait aux jambes de son maître.

— Tais-toi, Sagababa! disait Philéas d'une voix entrecoupée; ça ne sert à rien... de crier... D'ailleurs, les loups vont s'en aller maintenant qu'il n'y a plus rien à manger.

— Et nous? gémit Sagababa en claquant des dents. Philéas bondit.

— Tu crois qu'ils voudraient aussi nous manger? s'écria-t-il. Eh bien, merci! nous serions dans de beaux draps... Et Polyphème qui ne sait pas où nous sommes... Pristi! quelle position... et mon fusil qui est dans le traîneau!... j'aime mieux les lions... Tiens! j'ai une idée... Ta carnassière, Sagababa, vite! bien... Nous allons utiliser mon essai de piqûre empoisonnée; c'est le moment, pour sûr. Ton couteau, à présent; à merveille! Coupe-moi une bonne gaule. C'est cela. Tiens-la afin que j'y attache le couteau. Fais tremper le bout de la lame dans cette petite bouteille... C'est ça. Gredins! vous ne vous doutez pas de ce que je vous prépare...

Tenant à deux mains son arme bizarre, Saindoux attendit le moment où la masse hurlante des loups

vint entourer l'arbre sur lequel il se trouvait. Il piqua alors avec adresse le museau d'un des loups; celui-ci chancela et tomba comme une masse... Ses compagnons se mirent à le dévorer. Pendant quelques minutes, Philéas frappa sans relâche... Peu à peu la bande s'éclaircit. De nombreux vides se firent et le moment arriva où il ne resta plus que quelques loups effrayés qui s'enfuirent en entendant des cris, des appels et des coups de fusil non loin de là.

Sagababa était dans le délire de la joie en voyant les bêtes fauves diminuer de nombre sous les coups meurtriers de l'infatigable Philéas. Il se mit à caracoler sur le sapin, grimpant en tous sens comme une couleuvre, et poussant des hourras sauvages et incessants. Ses clameurs guidèrent les chasseurs dans leurs recherches et ils arrivèrent bientôt dans une clairière où ils virent un spectacle qui les stupéfia...

Au milieu de nombreux cadavres de loups, les uns encore intacts, les autres à demi dévorés, se tenait le gros Saindoux, debout, appuyé sur sa gaule et frisant sa moustache d'un air belliqueux. Sur le sapin, Sagababa se livrait à une voltige effrénée et, dans le lointain, quelques loups disparaissaient en hurlant.

— Ah ça! voyons! s'écria Polyphème sortant enfin de sa stupeur; est-ce que je rêve tout éveillé? C'est vous! c'est bien vous, mon pauvre Philéas? vivant, malgré ces innombrables ennemis? Comment êtes-vous venu à bout de les détruire en telle quantité? Peste! c'est prodigieux...

— Mon cher, répondit Saindoux en mettant les pouces dans les entournures de son gilet, ma recette est simple comme bonjour; allez en Lithuanie, armez-vous d'une lance empoisonnée et piquez dans le tas. Voilà!

SAGABABA, *criant*. — Monter dans gros arbre. Être à l'abri de grandes dents et faire manger chevaux sans faire manger négrillon, voilà!

Les rires des chasseurs saluèrent la fin de cette explication faite d'une voix perçante. Elle diminuait singulièrement les mérites guerriers de Philéas. Ce dernier, tout en se mordant les lèvres, ordonna à son petit nègre de venir le rejoindre et l'on procéda à l'enlèvement et au chargement des nombreux cadavres qui jonchaient le sol.

Ce fut en vrai triomphateur que Saindoux revint avec ses amis. Chacun s'empressa de venir admirer les trophées du gros Normand et lui faire raconter ses exploits.

On riait de son idée originale. On regrettait de n'en avoir pas fait autant. Enfin, après un banquet suivi d'un punch général, chacun alla se reposer des émotions de la chasse en félicitant le héros de ce jour. Celui-ci ne voulut pas se coucher avant d'avoir écrit à ses amis de France son nouvel et intéressant exploit.

CHAPITRE XX

LES CHEVEUX DE PHILÉAS

A son réveil, Philéas tressaillit en entendant Sagababa, qui lui apportait son déjeuner, pousser un grand cri et laisser tomber bruyamment le plateau.

— Animal! s'écria-t-il, réveillé en sursaut d'une façon aussi désagréable. Qu'est-ce que tu as?

Pour toute réponse, Sagababa appela Polyphème d'une voix glapissante ; ce dernier arriva à moitié habillé, effaré des clameurs du petit nègre.

— Mais qu'est-ce qu'il a, ce polisson? répétait Philéas interloqué. Il est fou, c'est sûr! mettez-le donc à la porte, Tueur. Il est assourdissant, ma parole!

Sagababa, *sanglottant.* — Malheureux Sagababa! maître à moi, plein de sang sur tête. Cheveux cramoisis... oh! oh! mordu hier par vilains loups, bien sûr.

— Polyphème, *regardant.* — C'est, ma foi! vrai, ce qu'il dit là, Philéas. Qu'est-ce que vous avez, mon ami? seriez-vous blessé?

Philéas, *ébahi.* — Mais je n'ai rien du tout, je n'ai aucun mal, je ne sais pas ce que vous voulez dire...

Et en achevant ces mots, Saindoux effaré se tâtait les cheveux. Il poussa un grand cri à son tour en regardant ses mains... elles étaient pleines de sang!

Les sanglots de Sagababa redoublaient. Polyphème, effrayé, saisit une serviette et il épongea soigneusement la tête de son ami. Philéas consterné le laissa faire et six cuvettes furent tour à tour ensanglantées! six serviettes furent tour à tour imbibées de sang. Le médecin, mandé en toute hâte, déclara que ce phénomène arrivait de loin en loin; il avait été, pour sa part, déjà témoin d'un fait de ce genre...

Saindoux conmença dès lors à passer à l'état de phénomène!

A peine levé, il se vit l'objet de la curiosité générale. Chacun se poussait, se pressait pour voir « la tête de sang du Frantzousse».

Sagababa ne quittait plus son maître d'une semelle. Il le suivait d'un air lugubre, les yeux invariablement attachés sur la chevelure excentrique de Saindoux et poussant de temps à autre des soupirs à fendre des rochers. Polyphème, quoiqu'encore inquiet, était pourtant plus rassuré par les affirmations réitérées du médecin; ce dernier protestait que le cas, tout extraordinaire qu'il fût, n'était nullement dangereux. Cela arrivait à la suite d'une forte émotion et la teinte sanglante de la chevelure devait disparaître peu à peu. Philéas, déjà très ennuyé de son aventure, le fut encore plus par l'arrivée imprévue de son cousin, le docteur Crakmort.

Le docteur allait en Russie pour affaires et s'ar-

rêta soi-disant pour voir son parent, en réalité par « curiosité scientifique ». Cette tête rouge le transporta d'admiration et il demanda, séance tenante, une consultation. Le médecin de Philéas accepta poliment la proposition, mais Saindoux fit la grimace, étant déjà fort agacé de sa position.

Polyphème, pressentant quelque chose de drôle, se hâta de venir. Quant à Sagababa, convié de sortir, il se cramponna en hurlant au siège de son maître. On le laissa donc là, afin d'avoir la paix.

Le docteur Crakmort commença par faire un long discours sur les cas curieux que la science aime à constater. L'autre médecin avait beau le rappeler à la question, le bavard Marseillais faisait la sourde oreille; voyant son auditoire sur le point de perdre patience, il s'écria enfin :

— En somme, Messieurs, que devons-nous ressersser ici, auzourd'hui? la constatation d'un fait qui a une valeur scientifique énorme, zigantesque!.. Ce que ze veux dire, maintenant, c'est ceci. Z'adzure, ze conzure, z'implore mon parent que ce phénomène rend illustre à zamais, de ne pas perdre sa tête ! (Étonnement général.) Oui, la science, dans ma personne de parent et de médecin, réclame cette étonnante sevelure. Mon cousin la doit à la médecine : elle l'aura...

PHILÉAS, *bondissant*. — En voilà une toquade ! il veut me guillotiner, à présent !...

Polyphème riait comme un bossu. L'autre docteur était abasourdi ; Sagababa ouvrait de grands yeux effarés et paraissait ne pouvoir y rien comprendre.

CRAKMORT, *d'un ton insinuant*. — Ze ne dis pas

cela, ser cousin; vous prenez trop violemment la soze. Ze ne réclame que votre sevelure.

POLYPHÈME, *d'un air goguenard*. — Ah! vous vous contentez de le scalper, alors? c'est gentil!

PHILÉAS, *criant*. — Mais encore moins, par exemple! Saprelotte! qu'il y vienne donc!...

CRAKMORT, *se récriant*. — Eh! ser cousin, pour qui me prenez-vous? Ze ne veux rien de ce zenre, mais seulement (reprenant son ton insinuant) de me faire une donation en bonne forme de votre tête, afin qu'après votre mort ze puisse analyser scientifiquement...

Ici Sagababa, dont les regards devenaient féroces, intervint inopinément dans la discussion. Il se précipita avec furie sur Crakmort, se jetant sur sa figure qu'il égratigna de belle sorte; arraché de là par les jeunes gens, il se cramponna aux mollets du Marseillais et les mordit de telle façon que le docteur, déjà ahuri de l'attaque, abandonna la partie et s'enfuit, laissant les deux amis, moitié riant moitié grondant, empêcher Sagababa de se lancer à sa poursuite.

Le second médecin haussait les épaules et traitait crûment le Marseillais de véritable fou.

Ainsi se termina la consultation.

Philéas, pour éviter toute moquerie, se fit raser la tête. Ce ne fut pas sans peine. Le barbier frémissait, tout en préparant ses rasoirs, et ne procédait à cette besogne qu'en tremblant. Il ne fallut rien moins que l'ordre du médecin pour le décider à manier cette crinière sanguinolente.

A la grande joie de Philéas, cette importune chevelure tomba enfin, sous la main agile du barbier.

Sagababa gambada avec frénésie, lorsque son maître mit solennellement un bonnet de coton destiné à le préserver du froid : le barbier dit en se retirant quelques mots qui intriguèrent Polyphème.

— Qu'est-ce qu'il a donc à se réjouir de gagner une bonne somme? demanda-t-il à Philéas.

— Est-ce que je sais! répondit Saindoux non moins étonné. Je lui ai donné ce que le médecin m'a dit de lui remettre. Ce n'est pas une grosse affaire, pourtant!

On eut le soir la clef de ce mystère. Pendant le

dîner, Sagababa remit à son maître une lettre que Saindoux ouvrit avec indifférence. A peine en eut-il lu les premiers mots qu'il sauta sur sa chaise, poussa un cri sauvage et regarda tout le monde d'un air égaré.

— Qu'y a-t-il, mon cher? s'écria Polyphème avec inquiétude.

— Tenez, lisez cela, dit Philéas d'un air lugubre, et dites-moi si ce qui m'arrive n'est pas épouvantable? Être condamné à savoir ma chevelure dans un musée de gredins, quelle destinée!

Sans rien comprendre à ces lamentations, Polyphème ouvrit la lettre et lut ce qui suit :

« Touzours ser cousin,

« Votre essélente idée de vous faire raser la tête m'a donné gain de cause. L'estimable barbier vient de m'apporter, sur ma demande formelle et sur ma promesse d'une risse récompense, les magnifiques seveux que vous auriez pu me fournir gratis (sans reproce), mais enfin ze les ai et ze vais les préparer scientifiquement afin de faire zouir de cette vue remarquable et instructive le zenre humain tout entier. Pour commencer, ze vais les exhiber sez Mme Tussaud, au musée de curiosité de Londres. Quoiqu'elle montre surtout les figures de cire des malfaiteurs célèbres, ce sera néanmoins une bonne occasion, pour cette bonne dame, de gagner de l'arzent, et pour moi ze ferai ainsi connaître scientifiquement ce cas admirable; mais comme il n'est pas zuste de vous voler votre gloire, cette belle sevelure sera ornée de l'inscription suivante :

« Seveux de l'illustre Philéas Saindoux,

« Trop effrayé d'avoir vu un loup. »

« A revoir, ser cousin ; quand vos seveux repous-
seront, envoyez-m'en encore, ze vous prie.

« Votre cousin dévoué.

« Docteur Crakmort.

« P. S. Z'ai payé vos seveux vingt francs ; c'est une
somme, mais ze ne la regrette pas, ze me rattraperai
sez Mme Tussaud. »

— Peste ! c'est contrariant, observa Polyphème
en finissant la lettre. Mais il n'y a rien à faire.

— Contrariant, gronda Philéas, les dents serrées ;
dites épouvantable, infâme, hideux ! Rien à faire ?
oh ! si... A moi, Sagababa ! viens, mon garçon ;
allons nous informer chez cet atroce barbier où se
trouve le docteur. Je vais aller lui arracher ma
chevelure... en l'indemnisant de son argent, bien
entendu.

— Tiens ! c'est une bonne idée que vous avez là,
dit Polyphème en se levant en sursaut. J'en suis,
moi !

— Moi aussi ! moi aussi ! s'écrièrent quelques
jeunes Polonais des environs qui avaient fait connaissance avec les deux amis et qui déjeunaient
avec eux ce jour-là

Sagababa, sans rien attendre, s'était précipité à la
recherche du barbier. Il revint bientôt, la tête basse,
retrouver les jeunes gens qui discutaient encore
sur les moyens à prendre.

— Maître à moi, dit-il d'une voix dolente, voleur
de cheveux être parti.

— Quoi? comment? ce n'est pas possible! s'écria Philéas en pâlissant.

Le négrillon hocha la tête d'un air attristé.

— Ah! le gredin! soupira Saindoux avec accablement.

Et il se laissa tomber sur une chaise... pour se relever bientôt avec impétuosité.

Polyphème crut à une attaque de folie et lui saisit le bras, mais l'explication de Philéas le détrompa vite.

— J'ai mon affaire! s'écria ce dernier en éclatant de rire. En chasse, mes amis! allons à l'affût du docteur. Les routes sont mauvaises; je sais où il va; par la traverse nous le rejoindrons facilement et je r'aurai mes cheveux ou je mourrai à la peine! Hein? ça y est-il?

Un hourra général accueillit sa demande.

— Et quelles armes prendrons-nous, mon général? demanda Polyphème, très amusé de l'idée de Philéas.

— Des lassos et quelque chose dont je me chargerai spécialement, répondit Saindoux avec majesté.

On prépara à la hâte les traîneaux; on prit quelques provisions, chacun s'enveloppa chaudement et bientôt l'expédition partit au grand galop de chevaux vigoureux.

On alla se reposer dans un petit village à quelque distance de l'endroit où voulait se poster Philéas, puis on repartit avec une ardeur nouvelle et on arriva enfin dans une grande plaine au milieu de laquelle passait le chemin que devait suivre le docteur. Un bouquet de bois qui longeait la route per-

mit aux chasseurs de se cacher sûrement; ils
s'installèrent dans ce campement, tandis que Sagababa, dont la vue perçante était connue de tous, se
chargeait de faire sentinelle. Une vieille hutte dé-
labrée fut arrangée en un clin d'œil de façon à
devenir un abri suffisant On y fit même du feu,
quoiqu'avec précaution, pour ne pas exciter les
soupçons de Crakmort. Mais Philéas ayant spécialement demandé de faire et de maintenir ce feu, on
accéda à son désir.

Le soleil allait se coucher et jetait quelques pâles
rayons sur la plaine neigeuse, lorsqu'un traîneau
apparut au loin dans la route. Sagababa en avertit
les conspirateurs; chacun se posta, l'œil au guet, le
sourire sur les lèvres et très intrigué de ce que voulait faire Saindoux pour se venger.

CHAPITRE XXI

CHASSE AU... DOCTEUR!

Le docteur, n'ayant pas la conscience tranquille, se sentait fort mal à l'aise. Il était naturellement méfiant ; son escapade à l'occasion de la chevelure rouge le rendait d'autant plus agité. L'œil au guet, l'oreille tendue, il étonnait son domestique, flegmatique Auvergnat s'il en fût, qui supportait imperturbablement les excentricités continuelles de son maître. Le conducteur du traîneau enrageait, lui. Jamais il n'avait vu de voyageur si capricieux. Tantôt il fallait aller comme le vent, le docteur ayant le pressentiment qu'il était poursuivi ; tantôt il lui fallait s'arrêter et écouter. Parfois même, Crakmort avait exigé qu'on se cachât dans des ravins, pour laisser passer d'autres traîneaux qui lui paraissaient suspects.

Au fur et à mesure que l'heure s'avançait, le Marseillais se rassurait un peu, cependant ; il commença même à se parler à demi-voix en gesticulant violemment, ce qui lui était habituel ; particularité qui fit ouvrir de grands yeux au conducteur, peu accoutumé à ces manières bizarres.

— Ze respire! disait-il. Z'étais sot de me croire
poursuivi. Il est évident que mon cousin a bien pris
la soze. Pourquoi aussi ne m'a-t-il pas donné ces
malheureux seveux? Aller gaspiller cela dans les
mains ignorantes d'un vil barbier, au lieu de les
déposer dans les mains scientifiques de son parent,
de son ami... Son ami! Ze ne dois plus l'être à présent! Z'ai eu tort de lui parler de Mme Tussaud et
de l'inscription destinée à sa sevelure. Ça a dû le
fàsser. La plaisanterie (car c'était une plaisanterie)
était trop forte!... mais... ze voulais le faire enrazer,
le punir de sa mauvaise volonté. Ze voudrais savoir
quelle figure il fait à l'heure qu'il est...

Narcisse, le domestique auvergnat, avait écouté
paisiblement son maître, tout en se servant d'une
longue-vue dont le docteur était toujours muni.
A la fin de ce soliloque, il dit d'un ton tranquille,
sans quitter de l'œil l'objet qu'il fixait :

— Monchieur Chaindoux a la mine d'un homme
joliment en colère, allez !

— Hein! s'écria le docteur en bondissant; où
vois-tu ça, toi?

— Là bas, dans che petit bois, répliqua paisiblement Narcisse. Il vient de che pochter près de chon
nègre, Chagababa, comme on l'appelle. Ch'est-il
un nom chrétien, cha, Monchieur?

Mais le docteur effaré ne songeait pas à lui répondre. Il avait regardé à son tour et il apercevait
distinctement la tête de Sagababa. C'en fut assez
pour tout deviner... Il se vit déjà pris, traqué, traité
Dieu sait comment! par Philéas exaspéré. Il se
souvenait de la colère de Saindoux à Marseille, co-

lère dont le docteur frémissait encore. Dans son effroi, il se jeta sur le conducteur qui ne se doutait de rien, et le renversa presque, à force de tirer sur lui.

— Arrête, malheureux! cria-t-il; pas un pas de plus... Il y a une embuscade là-bas, préparée contre moi! Rebroussons semin sur-le-samp... Allons par la traverse, par des ravins, par tout, excepté par là...

Le conducteur se dégagea avec colère.

— Mais il est fou, fou à lier, votre maître, s'écria-t-il en s'adressant à Narcisse. Je m'en étais déjà douté. Il faut le faire soigner à la ville voisine. Aidez-moi à le maintenir jusque là....

Et il fouetta ses chevaux qui partirent ventre à terre.

Le docteur s'arrachait les cheveux!

— Mon ami, mon ser ami, gémit-il en se jetant à genoux devant le conducteur; quand ze vous dis qu'il y a dans ce bois, là-bas, des ennemis qui veulent me prendre! Ze les ai vus! Ze cours les plus grands danzers !...

Le conducteur ouvrit des yeux énormes et mit ses chevaux au pas. Crakmort commença à respirer... Il lui expliqua rapidement quel était son plan. Il voulait abandonner le traîneau et faire monter chacun sur un cheval pour fuir facilement par la traverse. Mais quand il dit que c'était pour des cheveux qu'il avait emportés, le conducteur retomba dans son incrédulité et ne voulut rien écouter de plus.

Il remettait ses chevaux au galop lorsque le Marseillais lui glissa de l'or dans la main. Cette ma-

nière de le persuader le rendit docile et charmant.
Tout en continuant à prendre le docteur pour un
fou, il se prêta complaisamment à ses idées... à ses
bizarreries, pensait-il.

Les allures singulières du traîneau avaient inspiré
de la défiance aux conspirateurs. Ceux-ci firent
monter trois des leurs à cheval et les envoyèrent
se poster aux endroits par où il était possible de
passer. Ils constatèrent bientôt l'excellent effet de
cette manœuvre. De grands cris retentirent et l'on
vit réapparaître sur la route trois cavaliers, pour-
suivis par trois autres cavaliers, le tout allant à
fond de train. Le cheval du docteur s'était emporté;
son domestique le suivait aveuglément et le conducteur les accompagnait en se demandant comment tout cela allait se terminer....

Dans cette course folle, Crakmort perdit tour à
tour chapeau, pelisse et lunettes. Cramponné à la
selle, il se croyait absolument perdu!

Arrivé près du petit bois, un lasso habilement
lancé fit rouler son cheval sur la route et, avant
qu'il ait pu se rendre compte de ce qui se passait,
le Marseillais se voyait relevé, saisi, entraîné dans
la hutte et attaché sur un tronc d'arbre.

Le docteur tressaillit en voyant en face de lui
son cousin, son terrible cousin! Debout, les bras
croisés, les sourcils froncés, son bonnet de coton
enfoncé crânement sur le front, Saindoux paraissait,
aux yeux terrifiés du docteur, l'image de la vengeance.

Polyphème se tenait près de lui d'un air sinistre,
avec un revolver dans chaque main et un poignard

entre les dents. Les autres jeunes gens l'avaient scrupuleusement imité.

— Mon ser cousin... balbutia le coupable, d'une voix tremblante.

— Il n'y a pas de cher cousin ici, répondit Philéas de sa voix la plus creuse. Il y a un ennemi mortellement offensé qui veut r'avoir son bien, menacé d'une exhibition scandaleuse et d'une inscription plus scandaleuse encore !

Le docteur maudissait son idée.

— Très ser cousin, c'était une plaisanterie, gémit-il en joignant les mains. Ze n'ai zamais voulu faire sérieusement cela. Ze voulais seulement faire voir scientifiquement...

Un cri d'indignation de Philéas le fit s'arrêter court en pâlissant.

— Et vous osez plaisanter ainsi, Monsieur? déclama Saindoux (qui était, au fond, ravi de cette scène et du rôle qu'il y jouait), plaisanter avec... moi ! J'ai tué des loups, Monsieur! j'ai tué des lions, Monsieur! un docteur ne me ferait pas peur, Monsieur...

Et en disant ces mots, il tira un rasoir de sa poche, le brandit et s'approcha de Crakmort. Le docteur, au comble de la terreur, poussa des cris désespérés.

— On m'assassine, hurlait-il! à moi, à l'aide, au secours! au feu!...

Philéas saisit à pleines mains l'épaisse chevelure du docteur et lui cria :

— Tais-toi, malheureux ! Œil pour œil, dent pour dent... j'ajoute : cheveux pour cheveux. Tu

m'as pris ma chevelure. Je vais prendre la tienne,
mettre vingt francs dans ta poche, te donner gracieusement un bonnet de coton, un coup de pied
quelque part... et nous serons quittes. Pourtant, je
te ferais grâce si tu me rendais mes cheveux ; le
veux-tu?

— Non, hurla Crakmort, tout plutôt que de
m'en séparer!..

— N'y a pas begoin de tant crier pour une mau-
vaige tignache, dit alors la voix tranquille de Narcisse qui était entré sans qu'on s'en aperçût. V'là
vot' perruque, Monchieur Chaindoux! et v'là l'cas
que nouj en faigeons.

Et ce disant, l'Auvergnat jeta dans le feu les cheveux rouges de Saindoux, trésor que le docteur lui
avait imprudemment confié.

Un cri de joie et une exclamation désolée accueil-
lirent ce coup de théâtre. Philéas se réjouissait ; le
docteur se lamentait tout haut.

— Abominable Narcisse! disait-il, il fallait garder à tout prix ce trésor scientifique. Ze t'avais
investi de ma confiance et tu vas anéantir cet admirable essantillon des bizarreries de la nature...

— Puisqu'il en est ainsi, déclara majestueusement
Philéas, je vous lâche et je vous restitue ma parenté,
cousin. Plus vingt francs que je vous dois et que
je donne à Narcisse.

Celui-ci se confondit en remerciements. On alla
chercher les effets épars du triste docteur. On causa,
on s'expliqua. Philéas, rasséréné, promit au docteur
une mèche de ses cheveux, dès qu'ils repousse-
raient (s'ils avaient encore une teinte scientifique),

à la condition expresse que lesdits cheveux ne seraient jamais montrés en public et ne sortiraient pas de la collection particulière de Crakmort. On campa joyeusement pendant quelques heures, mangeant, buvant et riant. On se dédommageait amplement de la contrainte passée. Le docteur, rassuré, se montra des plus aimables et des plus gais. Sagababa et Narcisse fraternisèrent et l'on se sépara en se disant cordialement au revoir. Crakmort poursuivit paisiblement son voyage et les jeunes gens revinrent à l'auberge, où ils devaient se reposer un peu avant de repartir. Leur intention était de s'enfoncer dans le cœur de la Russie, afin d'y chercher des chasses glorieuses, des aventures amusantes et d'y admirer les nombreuses merveilles que renferme ce grand pays, trop peu connu et trop peu visité.

CHAPITRE XXII

LES CHENILLES

Ce fut le midi de la Russie que voulurent d'abord parcourir nos deux amis. Ils visitèrent villes et villages et allèrent jusqu'en Crimée, où ils admirèrent la superbe végétation et la délicieuse température dont on y jouit.

Ils passèrent ainsi l'hiver tout entier, puis le printemps. Ils ne se lassaient pas d'étudier mœurs et habitants, de regarder, d'interroger et de profiter.

La chaleur les surprit et les obligea de séjourner quelque temps dans le gouvernement de Saratoff. Philéas commença alors à se désoler et grognait tout haut. La cause de ce mécontentement provenait d'un vrai fléau, qui s'était abattu sur cette partie du pays. Une invasion de chenilles changeait la campagne en lui donnant, cette année-là, un aspect morne et désolé. Pas de verdure, pas de fleurs, pas de feuilles ! Les arbres ressemblaient à des spectres décharnés, à des images personnifiées de l'hiver. Les sapins seuls bravaient les bêtes malfaisantes et offraient un abri aux touristes lorsqu'ils s'aventuraient à faire quelques promenades.

Un matin, Saindoux entra tout joyeux chez son ami qui était en train de s'habiller.

— J'ai trouvé un agréable emploi de ma journée, Tueur, dit-il d'un air rayonnant, et je vous invite à partager avec moi un délicieux bain froid.

— Où donc allez-vous pour cela? demanda Polyphème avec indifférence.

Philéas. — Dans une rivière, non loin d'ici. C'est charmant, paraît-il. Sagababa m'accompagne. J'ai loué une barque et je m'y promènerai quand je serai las de nager et de me baigner. Ce sera délicieux! Allons, venez-vous?

Polyphème. — Volontiers, mais sans prendre de bain comme vous, j'ai mes raisons pour cela. Je n'en aurai pas moins grand plaisir à vous voir patauger, mon très cher.

Philéas, *vexé.* — Dites nager, mon illustre ami.

Polyphème, *riant.* — Non, non! je dis patauger et je le répète; je tiens à mon mot, vous me donnerez raison vous-même ce soir. Mais partons; profitons du moment où la chaleur n'est pas accablante.

Philéas appela le négrillon, se munit d'un vêtement de bain et les voyageurs se dirigèrent vers l'endroit où devait se baigner le gros Saindoux.

C'était un frais et joli enfoncement. Les chenilles semblaient avoir épargné les arbres qui bordaient la rive et il y faisait obscur et frais. Tout ébloui du passage de la lumière à une demi-obscurité, pressé par Polyphème qui semblait avoir une hâte singulière de voir son ami dans l'eau, Philéas plongea sans réflexion. Il reparut promptement et se cramponna au bateau en poussant des cris rauques, des exclamations entrecoupées...

Il était couvert de chenilles de la tête aux pieds! Ces bêtes malfaisantes s'étaient logées en masse sur les arbres. Le vent les avait fait tomber et elles surnageaient, couvrant la rivière d'une croûte épaisse,

masse odieuse qui s'attachait à Philéas crispé et saisi d'horreur...

Sur la rive, Polyphème riait à se tordre ; il avait prévu ce qui arrivait. Le dévoûment maladroit de Sagababa qui avait sauté dans le bateau et qui écrasait les chenilles sur le corps de son maître contribuait à augmenter son hilarité.

Philéas était hors de lui ! Il aurait voulu pouvoir à la fois gourmander Polyphème, faire lâcher prise à Sagababa, se nettoyer, se r'habiller et fuir cet odieux endroit !

... Ses paroles se ressentaient du désordre de ses idées.

— Bien ! donnez-vous-en à votre aise, Tueur ! disait-il d'une voix concentrée. Riez tout votre content(1), je suis beau, allez ! c'est du propre !... Ne me touche plus, toi ! tu m'arranges là un joli emplâtre. Ah ! les horreurs de bêtes ! est-ce assez ignoble... pouah ! j'en ai dans les oreilles et sur le front... Aïe ! je sens qu'il m'en court dans les cheveux... Allez à la rive, batelier, à la rive ! il ne comprend pas, l'imbécile, et il rit, par-dessus le marché ! c'est à en devenir fou !...

Il se prit les cheveux à poignées, y écrasa une vingtaine de chenilles, retira avec horreur ses mains gluantes et sauta dans la rivière. Il nagea entre deux eaux, aborda, passa fiévreusement devant Polyphème qui éclatait de plus belle et commença une course effrénée vers son auberge, suivi de Sagababa.

La vue de cet être ruisselant, tout couvert de chenilles, pétrifia la population. L'aubergiste ne reconnut pas Philéas et lui barra le chemin. Celui-ci s'indigna, lança une poignée de chenilles au nez de l'hôte qui se recula en criant... Saindoux, profitant de ce mouvement de retraite, s'élança dans sa chambre et s'y enferma à double tour.

Persuadé qu'il avait affaire à un malfaiteur, l'hôte

_____

(1). Expression normande pour dire « riez bien à votre aise ».

appela à grands cris et commençait à ameuter la population lorsque Polyphème, arrivant à son tour, apaisa le désordre. Il expliqua à l'hôte ce qui venait de se passer. L'aubergiste se tranquillisa et, sur la demande de Polyphème, alla préparer un dîner particulièrement bon dont il donna un menu appétissant.

Le jeune artiste connaissait à fond le caractère de son compagnon, aussi ne parut-il faire aucune attention lorsque la porte s'ouvrit et que Philéas entra dans la salle à manger, sombre, les traits contractés et gardant un silence farouche. Polyphème continua un croquis en disant négligemment :

— Ah! c'est vous enfin, mon bon? tant mieux! j'ai un appétit féroce. Aussi ai-je veillé au menu, qui vous plaira, j'espère. Tenez, le voilà. Donnez-moi votre avis là-dessus; vous êtes connaisseur et je ne me consolerais pas d'être désapprouvé par vous.

Les traits de Philéas commencèrent à s'éclaircir; il prit le menu et lut en silence, mais bientôt une exclamation lui échappa.

— Tout cela est bien choisi; ce sera délicieux, Tueur; j'en serais enchanté, si...

POLYPHÈME. — Si quoi? parlez, voyons; vous avez quelque chose sur le cœur.

PHILÉAS, *reprenant son air soucieux.* — Eh bien, si vous ne vous étiez pas moqué de moi ce matin. Je ne peux pas digérer ça, Tueur! non, je ne le peux pas.

POLYPHÈME. — Vous vous choquez de mes rires, mon cher? quelle idée! vous auriez dû faire chorus, au contraire.

PHILÉAS, *vexé*.— Voilà qui est bon, par exemple !

POLYPHÈME, *naïvement*. — Mais certainement. Ce Sagababa était tellement drôle...

PHILÉAS, *se déridant*. — Ah! c'est de Sagababa dont... au fait! il m'a semblé cocasse, ce petit.

POLYPHÈME, *renchérissant*. — Dites donc renversant, mon bon ; il avait une mine effarée qui était impayable ! Vous n'avez donc pas remarqué la chenille qui se balançait au bout de son nez? Ça l'a fait éternuer ! Ah! ah! ah!

PHILÉAS, *riant aussi*. — Hi! hi! hi! je m'en suis bien aperçu!

POLYPHÈME. — Oh ! cela ne m'étonne pas ; rien ne vous échappe!

PHILÉAS, *flatté*. — Oui, j'observe assez bien, en général.

La paix étant faite, les jeunes gens dînèrent gaîment et organisèrent le départ.

Ils allèrent donc gagner le chemin de fer, qui était à quelques lieues et ils y montèrent joyeusement, débarrassés, à ce que croyait Saindoux, de ces hideuses chenilles dont il ne pouvait se rappeler sans un frisson.

Mais sa joie ne fut pas de longue durée. Au bout d'un quart d'heure de marche, le train se ralentit, puis s'arrêta tout à coup...

Les voyageurs se regardèrent, étonnés.

—Qu'est-ce qui nous arrive ? demanda Polyphème.

—Nous sommes probablement à la station, observa Philéas. Quelle drôle de station ! ajouta-t-il ; on ne voit pas de gare...

— Ce n'est pas cela, Messieurs, dit poliment un

jeune Russe qui se trouvait dans le même comparti-
ment que les Français. Il y a un arrêt forcé, car j'entends les employés s'exclamer comme s'il était arrivé
quelque chose d'étrange. Je vais m'informer.

Le jeune homme se pencha, fit quelques ques-
tions et reçut une réponse qui lui fit ouvrir de
grands yeux ; il se retourna alors vers ses compagnons intrigués et leur dit :

— Messieurs, notre train est arrêté par les chenilles.

— Par?... demanda Polyphème abasourdi.

— Par les chenilles, Monsieur ; elles entravent
notre marche.

— Oh ! les infàmes bêtes ! s'écria Philéas, sortant
de la stupéfaction où l'avaient plongé les paroles du
Russe. Et comment s'y sont-elles prises pour cela,
Monsieur, sans vous commander?

— Nous avons affaire à une véritable légion, Monsieur, répliqua le jeune homme en souriant. Les
chenilles se sont accumulées de telle façon sur la
voie et sur les rails que les roues de la locomotive,
puis celles de nos wagons en sont pleines. Devenues
gluantes, elles glissent sans pouvoir avancer (1) ; regardez plutôt. Il est facile de vous en rendre compte.

En effet, les voyageurs, pour charmer les loisirs
d'une attente forcée, descendaient de wagon et
allaient voir par eux-mêmes ce qu'il en était. Nos
deux amis en firent autant et constatèrent l'effet
bizarre produit par une masse innombrable de chenilles ; il y en avait une épaisseur énorme !

(1) Historique. Arrivé en 1875 dans le gouvernement de Saratoff.
Ce fait a été transmis à l'auteur par une de ses parentes russes.

Les secours arrivèrent bientôt ; on nettoya les roues ; on déblaya la voie avec des pelles et le train se remit en marche, lentement d'abord, puis avec sa vitesse accoutumée. Les jeunes gens ne s'arrêtèrent qu'à Moscou. Ils y séjournèrent quelque temps, afin de voir longuement cette ville célèbre qui eut l'honneur d'arrêter la marche de Napoléon et dont l'incendie sauva la Russie entière.

CHAPITRE XXIII

EFFETS DE GELÉE

Philéas jubilait! il avait peu à peu, à force de persévérance, appris quelques mots russes qu'il prodiguait à tort et à travers en les estropiant, ce qui amusait énormément Polyphème, car tantôt les Russes riaient franchement au nez de Saindoux, tantôt ils feignaient malicieusement de le comprendre; ils entamaient alors avec Philéas de longues conversations qui semblaient les intéresser beaucoup. Cela ravissait Saindoux, qui se rengorgeait et recevait majestueusement les éloges de Polyphème, sur son admirable facilité de se tirer d'affaire et de montrer un don rare pour les langues. Il arriva bientôt que Philéas prit l'habitude de mêler à tout propos dans sa conversation quelques mots de la langue qu'il avait soi-disant apprise, et ce charme nouveau ne fut pas perdu pour le malin Polyphème.

— Cher Tueur, quel sont nos projets? demanda Philéas, un mois après leur arrivée à Moscou.

— Quels projets, mon bon? dit Polyphème paresseusement étendu sur un canapé.

— Eh bien ! nos projets de voyage, donc ! Voilà l'été qui s'avance. Allons-nous partir tout de suite pour Pétersbourg et, de là, filer en Sibérie ; puis redescendre en Asie, faire une pointe en Océanie et finir par l'Amérique ? Et puis *vidons* (1)...

— Comme vous y allez ! observa Polyphème en bâillant. Certes oui, nous allons nous lancer prochainement dans ces directions ; mais je ne suis d'avis de partir qu'après avoir fait quelques chasses à l'ours et après nous être encore aguerris contre le froid.

— Vous avez besoin d'être aguerri, vous ? demanda Philéas d'un ton dédaigneux.

— Certes oui, répondit Polyphème ; êtes-vous donc plus avancé que moi ?

Un sourire sardonique répondit pour Saindoux.

— Ne vous y fiez pas, mon très cher, reprit Polyphème ; savez-vous que nous étions seulement dans le midi de la Russie, l'hiver dernier ? Vous ne pouvez vous faire une idée de la température de Pétersbourg et du nord de ce pays, dans la mauvaise saison.

— *Aié hi* (2), mon ami, tout cela c'est une affaire de bottes et de manteaux, répliqua Philéas d'un air capable ; mais enfin nous ferons comme vous l'entendrez. Notre vie actuelle me plaît beaucoup : je m'instruis, je me perfectionne même dans la langue russe et je ne tiens pas à brusquer notre départ.

(1) Pour *vidiom*, nous verrons.
(2) Pour *ai ti*, holà !

Le temps s'écoulait agréablement pour les deux amis, en effet. Courses, excursions de toutes espèces, tout leur faisait trouver charmante leur vie actuelle.

Lorsque l'automne arriva, Philéas comprit ce qu'avait voulu dire Polyphème. Mais, trop vaniteux et trop entêté pour suivre les conseils de son ami, craignant en outre le ridicule s'il ne se mettait pas à la dernière mode, il ne voulut pas, pendant les premiers froids, sortir vêtu comme l'était Polyphème. Il préféra rester chez lui; mais l'ennui le prit au bout de huit jours de réclusion... Polyphème se moquait de Saindoux, demandant s'il tournait à la marmotte et lui conseillant de vivre de sa graisse, comme les ours.

Philéas se rebiffa!

— C'est du propre, ce qu'ils font! s'écria-t-il; se lécher les pattes et se nourrir de ça... Tenez, je vais faire un petit tour, décidément. *Tac* (1), pour vous faire plaisir, je mettrai mon cache-nez et des gants fourrés, mais voilà tout, par exemple.

POLYPHÈME, *secouant la tête.* — Vous ne tarderez pas à vous repentir de votre imprudence, mon ami. Je parle sérieusement, la chose en vaut la peine; mais enfin, je vous accompagne, et je veille sur vous.

PHILÉAS, *d'un air capable.* — Allez! allez! je suis plus robuste que vous ne le pensez, Tueur!

Les jeunes gens sortirent, suivis de Sagababa; ce dernier, emmitouflé de la tête aux pieds, trébuchait sans cesse; il s'accrochait tantôt à Philéas, tantôt à

_____

(1) Pour *Tac*, c'est ainsi.

Polyphème et finit par accaparer l'attention des
deux amis qui tournaient sans cesse la tête de son
côté, pour voir s'il était encore debout.

Tout à coup, un passant se précipita sur Philéas
et se mit à lui frotter vigoureusement les oreilles
avec de la neige.

— Ah çà! qu'est-ce qui vous prend donc, Monsieur? demanda Saindoux en se débattant. Voulez-
vous bien finir cette mauvaise plaisanterie?...

... Mais le monsieur continuait toujours sa besogne avec ardeur, tout en disant quelques mots en
russe.

— A moi! Tueur, criait Philéas en se débattant
de plus belle; délivrez-moi de ce crampon qui me
farcit les oreilles avec de la neige. Vous m'en ren-
drez raison, Monsieur; me lâcherez-vous, à la fin?

Un café était près de là. Polyphème y poussa son
ami, y entraîna le passant; Sagababa, ne pouvant
plus marcher, les suivit à quatre pattes et l'on s'expliqua à loisir.

Les oreilles de Philéas étaient en train de geler!
Un passant charitable, voyant cela, avait rendu à
Saindoux le service, très usité en Russie, de le guérir séance tenante, grâce à des frictions de neige
sur les membres en danger.

Philéas, rasséréné, se fit longuement expliquer la
nécessité d'agir avec promptitude et énergie. Il
comprit alors qu'il y avait une vraie imprudence
de sa part à ne pas se couvrir comme on doit le
faire en pareille saison, avec un rude climat. Il remercia chaleureusement le « Sauveur de ses oreilles », comme il se plut à l'appeler, puis il entra

promptement dans un magasin, s'y munit d'une pelisse, d'une casquette et de grandes bottes, le tout des mieux fourrés, et revint chez lui avec Polyphème. Ils avaient mis Sagababa entre eux deux, le petit nègre ayant eu la malencontreuse idée de mettre des bottes deux fois trop grandes et un manteau beaucoup trop long.

Au moment de rentrer, Philéas lâcha tout à coup Sagababa, se jeta sur une dame qui passait et lui frotta les joues à tour de bras avec de la neige...

— Ne bougez pas, ne bougez pas, *c'est trista!* (1) lui criait-il en même temps.

— Qu'est-ce que vous faites, malappris! glapissait la dame en français, êtes-vous ivre?

Philéas lâcha prise tout à coup et regarda la poignée de neige qu'il tenait... Son visage exprimait une stupéfaction profonde!

— Ah! mon Dieu, elle est rouge! dit-il enfin, tandis que Polyphème, poussant Sagababa dans la maison, revenait vers son ami et ne pouvait s'empêcher de rire de sa stupeur et de la figure de la dame.

Elle était étrange, en effet! la pauvre femme avait la déplorable habitude de se peindre le visage; elle se mettait du rouge sur les lèvres, du noir sur les cils et sur les sourcils, du blanc partout. Cette dernière teinte avait trompé Philéas, tout imbu de l'idée de sauver ceux qui lui tomberaient sous la main, comme il venait de l'être lui-même.

Saindoux avait donc fort malencontreusement

----

(1) Pour *sectritsa*, ma petite sœur.

frotté la figure de la dame et avait causé par là le plus affreux gâchis qu'on puisse voir. Il y avait des raies rouges, des taches noires et un bariolage blanc sur cette malheureuse figure, rendue plus grotesque encore par les grimaces de colère qui la contractaient.

En voyant ce désastre, Philéas perdit la tête et se précipita chez lui ; Polyphème voulait le suivre lorsque la dame lui prit le bras et commença à l'injurier. Le jeune homme s'impatienta promptement et, saisissant Sagababa qui était revenu, poussé par la curiosité, voir ce qui se passait, il le jeta entre lui et la dame et, se dégageant par cette brusque intervention, il suivit lestement Philéas.

Le petit nègre ouvrait la bouche pour appeler son maître lorsque la dame, de plus en plus exaspérée, lui donna deux soufflets et empoigna ses cheveux crépus. Elle vociférait en déclamant contre les polissons dont elle tirerait vengeance, mais elle avait affaire à forte partie. Sagababa lui enfonça son chapeau sur la tête, lui entortilla la figure dans le cache-nez de Philéas tombé sur le champ de bataille, et avant que la dame ait pu se dégager, il avait rejoint son maître et Polyphème.

CHAPITRE XXIV

LE CHAPEAU CHINOIS

Cette aventure, tout en faisant rire nos deux amis, dégoûta Philéas de la ville ; il n'eut pas de repos qu'il n'eut obtenu de Polyphème un changement de résidence. Ils allèrent donc se fixer dans une petite habitation qu'ils louèrent près d'une forêt immense.

Cet endroit convenait à leurs goûts aventureux, et ils avaient l'intention de parcourir souvent ces grands bois, le propriétaire leur ayant gracieusement accordé l'autorisation d'y chasser tant qu'ils le voudraient.

Les premiers jours se passèrent à s'installer. Polyphème y apportait une habileté particulière, aussi ne fit-il guère attention au départ de Philéas qui s'esquiva un beau matin, seul, en traîneau, dans le but de reconnaître un peu l'endroit où devait se trouver le gibier.

Saindoux était tout joyeux de son escapade. Il allait bon train, faisant galoper son cheval, lorsque l'animal butta tout à coup et s'abattit en brisant ses traits. Philéas, contrarié, sauta à bas du traîneau pour rattacher le harnais, lorsque le cheval se releva d'un bond et se mit à fuir en hennissant, du côté de la maison.

Saindoux fut fort embarrassé; il commençait même à avoir peur... Sa crainte se changea en épouvante lorsqu'il vit sortir du bois et venir à lui un ours brun de grande taille !

Perdant la tête, le pauvre garçon se jeta dans le traîneau et y fouilla avec désespoir pour saisir une arme... mais, ô désolation !... il avait oublié son fusil...

Il n'y trouva qu'un instrument bizarre ; c'était une espèce de chapeau chinois en cuivre, avec force sonnettes. Sagababa, amateur de tout ce qui était bruyant, avait acheté cet instrument à Moscou et l'avait oublié là. En désespoir de cause, Philéas s'en saisit. Quand l'ours approcha, il fit en le brandissant un tel vacarme, que l'animal se recula tout effrayé ! Il s'empêtra même de telle sorte dans les traits brisés qu'il lui fut impossible de s'en dégager malgré tous ses efforts...

— Ah! ah! dit alors Philéas, retrouvant sa voix; tu n'aimes pas la musique, *bât ou ça* (1); elle me plaît, à moi, et je vais la continuer pour te faire marcher !

Saindoux avait repris courage, en voyant l'ours devenu captif; il sauta dans le traîneau et fit de nouveau résonner aux oreilles de l'ours son terrible instrument.

Le vacarme fit partir au grand trot l'animal effaré; il allait dans la direction de la demeure de Philéas,

(1) Pour *batiouchka*, petit père.

à la grande joie de ce dernier. Saindoux le maintint habilement dans le bon chemin, grâce à quelques explosions de chapeau chinois. Il vit bientôt de loin Polyphème, armé d'un fusil, qui venait à sa recherche.

Sauter à terre et laisser à son compagnon le loisir d'abattre l'ours fut pour Philéas l'affaire d'un instant. Il remit à Sagababa, accouru au bruit, son précieux chapeau chinois, en le félicitant d'avoir eu l'idée de faire cette acquisition, puis il rendit compte à son ami émerveillé de la façon brillante dont il s'était tiré d'affaire.

On mit le corps de l'ours dans le traîneau et on l'emmena à la maison où on le dépouilla de son épaisse fourrure. Philéas se fit un plaisir de l'envoyer à M. de Marsy avec une lettre où il lui racontait à sa façon son nouvel exploit.

Quelque temps après cette chasse bizarre, Polyphème entra un matin chez Philéas encore endormi. Celui-ci se frotta les yeux et se détira en bâillant.

POLYPHÈME. — N'est-ce pas aujourd'hui le grand jour, mon cher? Je suis impatient de savoir où en sont vos cheveux. Vous avez retardé jusqu'à ce matin le moment de regarder de quelle nuance ils sont; j'ai hâte de jouir de ce spectacle.

PHILÉAS. — C'est bien aimable à vous d'y avoir pensé, mon ami. C'est vrai, j'ai courageusement gardé mon bonnet de soie noire jusqu'à présent. Je suis aussi curieux que vous de constater l'état satisfaisant de leur nuance. Ce côté capillaire de ma personne est important à observer. Hé! Sagababa!

Apporte-moi mon miroir, mon garçon, plus un peigne, plus une brosse; j'ai besoin de donner à mes jeunes cheveux les ondulations gracieuses qu'avaient les anciens.

Polyphème riait sous cape, tout en aidant le petit nègre à munir son maître de ce qu'il voulait avoir.

CHAPITRE XXV

ENCORE LES CHEVEUX DE PHILÉAS

Installé devant une glace, un sourire confiant sur les lèvres, Philéas ôta vivement son bonnet... Il poussa un cri d'horreur!.. Polyphème et Sagababa firent entendre des exclamations d'étonnement...

Les cheveux de Saindoux étaient d'une belle nuance lilas.

Le pauvre garçon ne pouvait en revenir! Il restait la bouche béante, les yeux écarquillés, regardant tour à tour sa malencontreuse chevelure, Polyphème qui se pinçait les lèvres pour ne pas rire et Sagababa qui tournait autour de lui comme autour d'une bête curieuse.

— Quelle catastrophe! gémit-il enfin d'un air piteux; c'est aussi laid qu'avant! Hein! Tueur, qu'en dites-vous? Que faire? vais-je me reraser et porter jusqu'à extinction ce misérable bonnet?

Polyphème se leva, alla examiner gravement la tête du pauvre Saindoux; puis, toujours sans parler, il prit une brosse et arrangea savamment la chevelure. Quand il eut terminé, il dit d'un air solennel :

— Cela ne peut pas rester ainsi !

Sagababa se frappa le front d'un air ravi au moment où Philéas allait recommencer ses doléances.

— Maître à moi se peindre avec du cirage ! s'écria-t-il.

— Tiens, au fait ! avec force cosmétique noir, je serais sauvé, dit Philéas avec joie ; qu'en dites-vous, Tueur ?

POLYPHÈME. — Il faut essayer, mon ami ! essayer de tout, car cette nuance est impossible.

PHILÉAS. — Parbleu ! oui, je le vois bien. Quelle horreur ! Sagababa, monte dans la *trique* (1), mon garçon, cours à Moscou (nous n'en sommes pas bien éloignés, heureusement) et ramène-moi un coiffeur avec beaucoup de pommades, de cosmétiques et des poudres de toutes les couleurs.

Courir était toujours un bonheur pour le négrillon, mais aller faire cette course de confiance était un surcroît de félicité, aussi disparut-il comme un éclair.

Après son départ, le triste Philéas remit avec résignation son bonnet de soie noire et alla tâcher de se distraire par une excursion avec Polyphème. Ils allaient un peu au hasard et virent au loin après une assez longue marche un campement bizarre.

Au bord du chemin était une lourde charrette couverte ; près de l'équipage se tenait un homme encore jeune, bizarrement vêtu, et dont la figure basanée était aussi rusée que spirituelle. Il salua

_____

(1) Pour *troïque* (traîneau).

poliment les jeunes gens qui causaient entre eux et leur dit :

— Sandis, Messieurs, né direz-vous pas quelqués mots bienveillants à un compatrioté? Bagasse! on aime à parler la langué dé sa patrie quand on voyage au loin.

— Ah! vous êtes Français, mon brave? s'écria Philéas, en s'approchant de lui.

— Certes! Monssu, et jé m'en fais gloiré, sandis! C'est uné grandé nation, cellé qui possédé Bordeaux, cetté vraie capitalé dé la Francé.

— Et qu'avez-vous là? demanda Polyphème en s'approchant de la charrette.

— En général, un peu dé tout, mais pas grand' chosé pour lé moment, Moussu, répondit le Bordelais. Quelqués singés dé bellé espècé, un ours dé prémièré beauté, dé la parfumérie...

—Tiens! interrompit Philéas en dressant l'oreille, vous avez de la parfumerie, vous? vendez-m'en donc?

— Volontiers, Moussu, répliqua joyeusement le Bordelais, mais il est difficilé dé défairé ma pacotille en plein air. Où dois-jé vous porter céla à ésaminer?

PHILÉAS. — Au bout de cette grande allée droite se trouve mon habitation, allez-y. Je vous y précède et je vais y faire mon choix.

Polyphème haussait les épaules, tout en accompagnant son ami.

— Vous êtes fou, mon bon, disait-il; aller acheter à un saltimbanque, à un coureur d'aventures quelques drogues qu'il vous fera payer follement

cher... Vous allez en avoir tant et plus par Sagababa, tout à l'heure.

Mais Polyphème gourmandait en vain le gros
Saindoux. Celui-ci continuait à se frotter les mains
avec jubilation.

— Tueur, s'écria-t-il, Sagababa ne peut pas me
procurer une chose précieuse que va me vendre ce
brave homme.

— Et quoi donc? demanda Polyphème étonné.

PHILÉAS, *avec explosion.* — De la graisse d'ours,
mon ami! De la pure graisse d'ours. Je n'ai pas eu
la précaution de m'en faire garder, lorsque vous
avez tué celui que je vous amenais, il y a une quin-
zaine de jours. Dieu sait quand nous en trouverons
un autre! Celui-là est sous ma main, je l'achète et
j'en fourre le plus possible sur ma malheureuse
tête. Il n'y a rien de bon comme la graisse d'ours,
continua-t-il en s'échauffant pour répondre à un
geste désapprobateur de Polyphème. Cela rend la
force et la vie aux cheveux. Les miens ne sont dé-
colorés que parce qu'ils manquent de vigueur.
Vous verrez! je ne vous dis que ça...

— Faites comme vous l'entendrez, répondit Polyphème. Rappelez-vous seulement de ne pas vous
laisser empaumer par ce maître filou. Il a une phy-
sionomie d'un rusé!

PHILÉAS, *d'un air capable.* — Personne ne m'en
remontrera, soyez donc tranquille! vous allez voir
comme je vais mener mon affaire.

Les jeunes gens retrouvèrent à la maison Sagababa avec le coiffeur et une grande caisse de marchandises de toutes espèces. Ils examinèrent tour à

tour ce que proposait le coiffeur, mais rien ne plut
à Philéas. Il essaya vainement sur ses cheveux
huiles, essences et cosmétiques. Tout lui sembla
horrible. De guerre lasse il s'écria :

— C'est encore la graisse d'ours qui serait la
meilleure, tenez ! N'est-ce pas, Monsieur, que ce
serait excellent pour tonifier mes cheveux et leur
faire reprendre une teinte possible ?

— Certes, Monsieur ! répondit avec empressement le coiffeur, espérant faire une bonne affaire
par ce moyen. Il est difficile d'en avoir de bonne,
mais je puis vous en procurer vite, cependant.

— Pas besoin, mon cher Monsieur, interrompit
joyeusement Philéas; j'ai mon affaire.

— Petit homme avec grande charrette, être dans
cour et demander voir maître à moi, dit alors
Sagababa en entrant.

PHILÉAS. — Justement, c'est ce que j'attendais.
Écoutez, Monsieur le coiffeur. L'homme à qui je
vais parler possède un ours, je vais le lui acheter.
Vous en prendrez la graisse et vous m'en ferez,
séance tenante, de bonne pommade. Il va sans dire
que je vous paierai bien.

LE COIFFEUR. — Très bien, Monsieur, je suis à vos
ordres.

Et tous descendirent pour aller trouver le Bordelais. Ce dernier avait déjà étalé ses petites marchandises et se préparait à les vanter. Grand fut
son étonnement lorsque Saindoux l'arrêta et lui dit :

— C'est inutile, mon ami, je ne veux pas de tout
cela, c'est autre chose qu'il me faut.

LE BORDELAIS. — Mossu désiré fairé l'acquisition

d'un singé, peut-êtré! J'ai son affairé. Uné bêté charmanté. Il né lui manqué qué la parolé! Céla féra la paire avec cé jeune hommé...

SAGABABA, *grognant*. — Moi, pas singe, entends-tu, toi? Moi taper toi, si maître à moi permet...

PHILÉAS, *avec autorité*. — Silence, Sagababa! méprise ce vain propos, garde ton calme... C'est votre ours que je veux; mon brave; allez me le chercher, je vous le paierai un bon prix.

LE BORDELAIS, *tressaillant*. — Mon ours! c'est mon ours qué vous voulez?

PHILÉAS. — Oui. Combien en voulez-vous?

LE BORDELAIS, *balbutiant*. — Jé né sais pas au justé... j'y tiens. C'est mon gagné-pain. Un si bel animal dont jé né mé déférais pas pour trois cents francs, sandis!

PHILÉAS, *majestueusement*. — Je vous en donne quatre cents! amenez-le-moi.

LE BORDELAIS, *agité*. — C'est uné bellé sommé, mais... jé né peux pas!

PHILÉAS. — Cinq cents francs, dépêchez-vous!

POLYPHÈME. — C'est insensé, Philéas! envoyez-le donc promener et ne pensez plus à votre fantaisie.

PHILÉAS, *avec obstination*. — Si, je n'en aurai pas le démenti! Voyons, l'homme, voulez-vous me donner votre bète pour six cents francs? C'est une somme, ça, hein?

Le Bordelais ne tenait plus en place. Sur sa figure expressive, on lisait un singulier mélange d'envie, de chagrin, de dépit et d'embarras.

— C'est impossiblé, finit-il par dire. J'y tiens trop... Jé n'aurais pas lé cœur dé m'en séparer. Jé

vous lé férai voir cé soir, si vous voulez. Vous ju-
gérez si c'est un bel animal. Mé permettez-vous dé
passer la nuit sous lé hangar? il sé fait tard...

Au grand déplaisir de Polyphème, Philéas accor-
da cette permission au Bordelais. Le coiffeur, désappointé, demanda à retourner à Moscou, mais Philéas l'entraîna dans un coin, lui parla bas avec feu
et le coiffeur s'inclina en disant :

— Je ferai tout ce que Monsieur voudra.

Saindoux alla ensuite retrouver Polyphème et il
écouta tranquillement les gronderies de ce dernier.
Elles duraient encore lorsque Sagababa entra et
dit :

— Si maître à moi veut regarder ours? moi le
montrer à maître à moi.

— Tiens! s'écria Philéas, enchanté de se soustraire aux blâmes de Polyphème; allons donc voir
cette fameuse bête, Tueur, voulez-vous?

— Non, répondit Polyphème avec impatience.
Je ne suis pas curieux de ce spectacle. Allez-y seul,
si vous voulez.

Philéas ne se le fit pas dire deux fois. Il suivit
Sagababa et monta avec lui dans la charrette. Il y
vit dans le fond, attaché par une chaîne, un bel
ours brun qui était couché et qui étendit une patte
d'un air féroce.

— Oh! là! là! marmotta Philéas en descendant
précipitamment, il n'a pas l'air commode! ce sera
ennuyeux, ce soir, si...

Il s'arrêta en hochant la tête.

— Bah! ajouta-t-il, je ferai son affaire en un clin
d'œil...

Sagababa l'écoutait parler avec étonnement. Philéas s'en aperçut et se mordit les lèvres.

— Sot que je suis ! marmotta-t-il, ce gamin va peut-être jaser... Tant pis ! Où est donc le maître de l'ours ? demanda-t-il tout haut à Sagababa, afin de détourner les idées de celui-ci.

Sagababa. — Lui s'être éloigné exprès. Avoir dit : Dans un quart d'heure, toi pouvoir montrer ours à maître.

Philéas. — Ce monsieur se trouve probablement trop grand seigneur pour me faire voir son ours lui-même, à ce qu'il paraît. Allons ! viens, Sagababa, fais-nous servir à dîner. Il se fait tard et j'ai fort à faire ce soir.

Après le repas, Philéas, visiblement préoccupé, prit un prétexte pour se retirer chez lui. Polyphème, fatigué, ne fit nul effort pour le retenir et il allait se mettre au lit lorsque la tête laineuse de Sagababa apparut dans la porte entrebâillée...

CHAPITRE XXVI

UN OURS DE NOUVELLE ESPÈCE

— Qu'y a-t-il, Sagababa? demanda nonchalamment Polyphème, tout en commençant à se déshabiller.

— Maître à moi veut faire affaire à ours! repartit mystérieusement le petit nègre, en entrant dans la chambre sur la pointe des pieds.

— Hein! qu'est-ce que tu chantes? s'écria Polyphème en se retournant.

Sagababa répéta sa phrase en l'accentuant solennellement.

— Qu'est-ce que cela veut dire? s'écria le jeune homme. A quel propos a-t-il dit cela?

Le petit nègre raconta alors à sa manière leur visite à l'ours.

— Ah! peste! grommela Polyphème, soupçonnant quelque nouvelle excentricité de Philéas. Il ne s'agit plus de dormir, mais de veiller. Écoute, mon brave, où est ton maître, à présent?

SAGABABA. — Dans chambre à coiffeur, à causer.

POLYPHÈME. — A merveille! fais le guet; je vais

15

chez lui... mais il ne faut pas qu'il s'en doute, entends-tu ?

Sagababa fit un signe affirmatif et Polyphème entra chez Saindoux. Il alla droit au revolver, le désarma et en remplaça les cartouches par d'autres, qui n'étaient chargées qu'à poudre.

Rassuré après cela, il regagna sa chambre, s'y arma et y attendit les événements, avec un mélange d'impatience et de curiosité.

Quand minuit sonna, il entendit Philéas se lever, aller avec précaution à la porte, l'ouvrir et se diriger vers la charrette du Bordelais...

Le silence était profond ; le temps, calme et relativement doux. Philéas était pourtant fort mal à l'aise et tremblait légèrement.

— Bah ! se disait-il, tout en allant avec précaution vers la charrette ; je ne vois pas quel mal je fais, après tout. D'après ce que m'a dit Sagababa, cet homme s'est absenté pour la nuit. Je lui tue son ours, je l'apaise... (l'homme, pas l'ours), je lui donne six cents francs en lui déclarant que l'ours était méchant comme la gale, et voulait nous dévorer tous. Il sera enchanté... (l'homme, pas l'ours), et j'aurai ma graisse ! C'est parfait ; m'y voilà ! ai-je mon revolver ? bien. Et mon couteau ? bien. Peste ! s'il allait se rebiffer comme tantôt... Il est encore dans son coin, le bon animal ! Il n'a pas bougé depuis tantôt... Visons à l'oreille !

Grâce à la sage précaution de Polyphème, les deux coups de feu de Philéas étaient inoffensifs. En revanche, ils étaient bruyants, car la charge de poudre avait été mesurée par une main libérale. En

entendant la détonation, l'ours se leva brusquement, à la grande terreur de Philéas !...

— Bagasse ! cria-t-il...

... Saindoux, affolé, jeta sa lanterne, s'élança hors de la charrette et s'en alla tomber dans les bras de Polyphème qui le suivait de près, sans qu'il s'en fût douté.

Les cheveux hérissés, les yeux hors de la tête, il balbutia :

— L'ours parle !

Polyphème, non moins stupéfait que le pauvre Saindoux, s'élançait vers la charrette, un poignard à la main, lorsque l'ours apparut et dit :

— Qué d'excusés à vous fairé, Messieurs !

— Mais c'est le Bordelais ! s'écria Polyphème en éclatant de rire.

— L'ours serait un homme ? demanda Philéas en se redressant tout à coup.

L'animal ôta piteusement sa tête et montra aux jeunes gens la figure pâle et déconcertée du saltimbanque.

— Hélas ! oui, c'est moi, dit-il humblement, j'avais légèrément... ésagéré tantôt en mé disant propriétairé d'un ours dont jé n'avais plus qué la peau ! Jé n'ai pas voulu avouer cé qu'il en était... J'ai gardé imprudemment cetté peau pour dormir et j'ai failli lé payer cher !

— Au fait ! comment ne vous ai-je pas tué ? observa Philéas en tressaillant. Je tire bien, cependant...

— Oui, mais vous ne pouvez faire aucun mal avec des cartouches chargées à poudre, répondit

Polyphème en souriant; et les vôtres avaient été arrangées par moi, ce soir.

PHILÉAS, *lui serrant la main.* — Merci, Tueur! mais comment vous êtes-vous douté de quelque chose?

POLYPHÈME. — Votre fidèle Sagababa m'a donné l'éveil sur vos projets. L'en blâmez-vous?

— Non certes! répliqua Philéas en faisant un signe de tête amical au petit nègre qui se redressa, tout fier.

Le reste de la nuit se passa fort paisiblement.

Le lendemain, le Bordelais partit après avoir reçu des jeunes gens une bonne somme pour l'aider à regagner la France.

Le coiffeur, ayant délibéré avec Philéas, lui conseilla enfin un onguent qui adoucit la teinte étrange des cheveux malades et qui lui permit de se montrer sans attirer l'attention générale.

CHAPITRE XXVII

LE BAIN RUSSE

— Tueur, dit le gros Philéas au moment où les voyageurs approchaient de Pétersbourg, la température est assez douce aujourd'hui pour me permettre de songer à prendre un de ces fameux bains russes dont j'ai si souvent entendu parler. Voulez-vous que nous y allions ensemble?

— Volontiers, répondit Polyphème; à condition de prendre de bonnes précautions après, pour éviter tout refroidissement.

— Bien entendu! riposta Philéas, je n'ai pas envie d'attraper du mal, certainement. Nous y voilà donc, dans cette fameuse ville, cette capitale célèbre, bâtie par Louis le Grand!

POLYPHÈME, *se récriant.* — Comment, Louis? c'est Pierre, que vous voulez dire.

PHILÉAS, *avec onction.* — C'est vrai! cet illustre Pierre le Cruel...

POLYPHÈME, *riant.* — Bon! c'est Pierre le Cruel, à présent!

PHILÉAS, *avec autorité.* — Mon ami, on ne peut pas nier qu'il l'ait été, cruel!

POLYPHÈME, *insistant*. — Pierre le Cruel, oui. Mais Pierre le Grand n'est pas Pierre le Cruel.

PHILÉAS. — Si. Je vous le ferai voir dans un livre que Pierrot a rédigé pour moi. Oh! c'est qu'il est très aimable quand il veut s'en donner la peine.

Polyphème se mit à rire sans répondre et l'on arriva à Pétersbourg. On se casa dans un des bons hôtels que le jeune artiste s'était fait indiquer par avance et Philéas rappela à son ami son idée de bain russe.

Polyphème consentit de bonne grâce à suivre Saindoux. Sagababa supplia son maître de lui permettre de venir et tous trois se dirigèrent vers un établissement recommandé par l'hôte.

Arrivés là, Philéas demanda s'il y avait des employés français dans l'établissement. On répondit que oui et Saindoux, désirant être servi par un compatriote, on lui envoya un homme qui jeta un cri de surprise en voyant le gros jeune homme.

— Sandis! Monsieur, vous ici? s'écria-t-il.

PHILÉAS, *surpris*. — Tiens! c'est l'ours... c'est-à-dire le Bordelais. Bonjour, mon brave. Comment vous trouvez-vous ici?

Le Bordelais secoua la tête avec un gros soupir et commença silencieusement à servir Philéas.

Ce dernier ne connaissait nullement les bains russes; il s'imaginait que c'était très simple et fort agréable. Il fut aussi ennuyé que surpris de recevoir tout à coup, à peine déshabillé, une douche d'eau glacée.

— Heu! heu! brrr! gémit-il en grelottant. Quelle fichue idée de geler les gens sans les avertir...!

Il avait à peine eu le temps de dire ces mots, qu'un jet d'eau chaude l'inondait.

— Nom d'un petit... sac à... sabre de... Pristi ! Prelotte ! mais vous me mettez au court bouillon ! hurla Philéas, tournant à l'exaspération. Quels stupides bains... Assez, je vous dis ! cela s'arrête... c'est bien heureux !.. Allons, bon !...

... La douche d'eau glacée venait encore de l'inonder subitement.

— Mais c'est à en devenir enragé ! balbutiait Philéas, claquant des dents. Je veux sortir de cette caverne, de cet... Oh là ! là !...

La vapeur chaude le suffoquait de nouveau.

Le Bordelais, sans lui laisser le temps de se plaindre encore, le saisit, l'enveloppa dans un peignoir et se mit à le frictionner. Saindoux se laissa faire d'abord, mais le méridional ne tarda pas à mettre sa patience à l'épreuve.

—Mossu, déclara-t-il d'un air lugubre, il est temps dé vous mettré au courant dé ma déplorablé situation. J'étais hureux en vous quittant; grâcé à vos dons généreux, jé pouvais régagner Bordeaux ! Hélas ! jé suis victimé d'un Doctur qué j'ai eu lé malhur dé rencontrer en routé. Il m'a persuadé qu'un dé mes singés avait un cas scientifiqué très raré à étudier, qu'on mé lé paierait cher ici... jé l'ai cru et...

... Tout en disant cela, il frottait Saindoux de plus en plus rageusement.

— Aïe! aïe! cria Philéas en le repoussant. Vous m'étrillez, mon garçon ! prenez donc garde... Eh bien ! combien vous l'a-t-on payé, votre singe?

— Trois francs cinquanté! répliqua le Bordelais s'exaltant et frappant sur le dos de Philéas à coups redoublés. Oui, on n'a pas eu honté dé mé donner céla!...

— A la garde! interrompit Philéas, cet homme est fou furieux... je cours des dangers! à moi!

Les cris du pauvre Saindoux, tout meurtri, attirèrent Polyphème et Sagababa. Ils entrèrent, suivis d'un homme qui s'élança vers Philéas en s'écriant :

— Violets, ils sont devenus violets! c'est encore plus scientifique. Ah! mon ser cousin, quelle zoie de vous revoir ainsi!...

Les douches avaient effectivement rendu aux cheveux de Philéas leur teinte étrange, dissimulée naguère par des cosmétiques.

Le Bordelais fit un brusque mouvement et dit d'une voix étouffée :

— Lé voilà, cé méchant hommé, causé dé mes malhurs...

— Tiens! c'est vous, mon ami ? demanda Crakmort (car c'était bien lui); et votre sinze, qu'en avez-vous tiré ?

Le Bordelais le toisa de la tête aux pieds, fit un rire ironique, et se croisant les bras, dit avec emphase :

— Trois francs et cinquanté centimés!...

— Pauvre garçon! s'écria le docteur, ze suis cause d'un déranzement ruineux dans vos prozets. Ze vous dois des dédommazements...

— A la bonne huré! marmotta le Bordelais en s'adoucissant. C'est qué cé n'est pas gai d'êtré gar-

çon dé sallé à l'étranger, quand jé pouvais retourner promptément en Francé!

Le Marseillais tira majestueusement trois billets de cent francs de sa poche et les mit dans la main du Bordelais ébahi...

— Ze n'aurai pas le démenti de mon affirmation médicale! lui dit-il. Voilà ce que valait votre sinze scientifique. Avec cela, vous retournerez facilement sez vous.

— Bravé hommé dé médécin! soupira le Bordelais ravi. Et moi qui en disais du mal!

— Oui! j'en sais quelque chose, gémit Philéas en se frottant les côtes. Pristi! Je suis en compote! quels poings il a, ce méridional!

Le Bordelais se confondit en excuses, tandis que Polyphème se faisait expliquer ce qui venait de se passer. Il riait tout bas, tout en aidant Sagababa à mettre de l'huile adoucissante sur le dos de Philéas. Pendant ce temps, Crakmort contemplait Saindoux avec extase...

— C'est magnifique! murmurait-il, quelle teinte scientifique... comme c'est nuancé! voilà un cas à étudier, à suivre de près... Ser cousin, quel malheur de n'avoir pas gardé les premiers! Ah! ce Narcisse, quelle perte il a fait faire à la science!

— Voyons, ne vous désolez pas, dit Polyphème que l'enthousiasme du Marseillais amusait beaucoup. J'en avais gardé une mèche, moi, de ces fameux cheveux. Les voulez-vous?

Le docteur faillit sauter au cou de Polyphème; il lui serra la main avec un vrai transport de joie.

— Si ze les veux! répondit-il. Ah! ser zeune

homme! zénéreux, sarmant zeune homme... Z'accepte avec attendrissement! Quel cas pour la médecine! ser cousin, z'implore une nouvelle messe de
ces beaux essantillons capillaires... Quel violet!
c'est à en perdre la tête... Ze vous demande même
la permission de vous suivre, zusqu'à la fin de cette
transformation bizarre. Z'étudierai votre précieuse
tête. Ze le dois à la science.

Philéas fit une grimace, mais Polyphème trouva
l'idée excellente. Il avait déjà pu apprécier l'esprit
et les ressources du docteur qui avait, sous des
dehors excentriques, une vraie science et beaucoup
de talent. Il pensa donc que ce serait une bonne fortune pour eux de l'attirer à leur suite et de le décider à entreprendre aussi les longs voyages que les
jeunes gens méditaient de faire.

— Vous avez une excellente idée, cher docteur!
s'écria-t-il. Je vous approuve chaleureusement. Venez avec nous. Vous aurez des découvertes merveilleuses à faire, là où nous comptons aller. Vous êtes
des nôtres, c'est convenu!

— Et Narchiche, le pauvre Narchiche? murmura
une voix triste derrière eux.

— Narchiche auchi, répondit Polyphème en riant
et en se retournant pour faire un cordial signe de
tête à l'Auvergnat, qui se tenait timidement à la
porte.

— En voilà, une collection! remarqua Philéas
moitié riant, moitié grognant.

— Ce sera comme dans l'arche de Noé, répliqua
Polyphème en éclatant de rire.

Philéas se fâcha en disant qu'il ne voulait pas

être traité de bête. Polyphème protesta qu'il le classait parmi les fils du patriarche et tout s'apaisa.

Le bain fini, chacun se rhabilla et retourna à l'hôtel. Crakmort alla s'installer près des jeunes gens. On fournit au Bordelais l'occasion de partir vite et l'on s'occupa ensuite de s'approvisionner et de se renseigner pour les longs voyages projetés. Crakmort devint dès lors très utile. Il suggéra plusieurs précautions hygiéniques qui réconcilièrent avec lui Philéas, encore un peu rancuneux jusque-là.

CHAPITRE XXVIII

UN BAL MASQUÉ

Avant le départ, il fallait voir Tsarkoé-Sélo. Cette délicieuse résidence impériale, le Versailles de Pétersbourg, devait être visitée par les voyageurs auxquels avait été signalé cet endroit remarquable.

Les jeunes gens, le docteur, Sagababa et l'Auvergnat qu'on n'appelait plus que *Narchiche*, partirent donc et allèrent admirer toutes les beautés dont est plein le célèbre Tsarkoé-Sélo. Les jardins publics, la villa impériale, les belles habitations environnantes, tout y excita l'admiration des voyageurs. Dans leurs courses, Philéas entendit parler de bal pour le soir; il s'informa et il apprit qu'un marchand colossalement riche avait là d'immenses serres chaudes ; elles avaient trois kilomètres de long et l'on pouvait s'y promener en voiture (1). Au milieu de cette merveille, se trouvait un grand et admirable salon de réception à pans mobiles. On devait donner là un bal de charité et les serres allaient être allumées *ad giorno*. Philéas écoutait raconter

(1) Historique.

tout cela bouche béante ; il s'écria tout à coup :

— Je veux y aller, moi.

— Au fait! dit Polyphème, cela vaut la peine d'être vu. Qu'en dites-vous, Crakmort?

— Ze suis de votre avis, très ser ; répondit le Marseillais. La difficulté, malheureusement, est d'être invités.

— Mais il n'y a qu'à payer! reprit vivement Philéas, puisqu'on dit que c'est un bal de souscription.

— A combien le billet? demanda Crakmort.

— Cent francs, répliqua Philéas en se grattant l'oreille; de plus, il faut être costumé.

— Peste! observa Polyphème, c'est une affaire... Bah! c'est pour les pauvres. Allons-y gaîment! En ce cas, où trouver des costumes?

— Ici, dit Philéas en indiquant avec empressement un élégant magasin où étaient étalés plusieurs frais costumes de fantaisie.

— Entrons-y alors, s'écria joyeusement Polyphème, et prenons ce qui nous conviendra le mieux.

Ils n'avaient que l'embarras du choix. Crakmort prit un costume demi-magicien, demi-nécromancien. Polyphème préféra être en Figaro. Philéas voulut se mettre en ramoneur. Ce dernier costume fit rire Polyphème. Saindoux persista dans son choix, ajoutant qu'il avait son projet et qu'il comptait se rendre populaire. De chez le costumier, on se rendit à l'hôtel ; là, on se procura des billets pour le bal ; on dîna, on s'habilla, puis, à l'heure indiquée, les trois touristes se rendirent au bal en traîneaux, chaudement enveloppés, tandis que Sagababa pleur-

nichait près de « Narchiche » en voyant qu'il ne pouvait suivre son maître.

Ce bal était féerique ! Philéas se rengorgea en recevant les remercîments de ses amis pour sa bonne idée d'y venir. Ils visitèrent avec enchantement ces merveilleuses et interminables serres ; elles regorgeaient de plantes rares, d'arbres exotiques, de fleurs magnifiques, de fruits admirables et étaient éclairées par des torrents de lumière électrique.

Philéas voulut revenir au grand salon, lorsque la foule y fut attirée par un orchestre excellent. Dans un intervalle de repos, au moment du souper, il tira une écuelle de sa poche et, imitant l'accent de « Narchiche », il dit à haute voix :

— Un bal de charité chans quête, cha n'est pas complet ! Le pauvre ramoneur Franchais va demander un petit chou pour les pauvres de che pays, ch'il vous plaît.

Ce peu de mots eut un succès fou. On applaudit et mille mains finement gantées prodiguèrent l'or dans la sébile de Philéas... Elle fut bientôt pleine. Sans se déconcerter, Saindoux versa l'or dans son bonnet et tendit de nouveau l'écuelle au milieu de rires mêlés d'applaudissements.

Crakmort voulut profiter de l'idée de son cousin. Une fois la quête faite, il réclama audacieusement la parole et offrit de dire la bonne aventure au profit des malheureux, pour augmenter encore la quête. Ce fut une somme nouvelle pour les pauvres, car le spirituel Marseillais émaillait ses prédictions de plaisanteries si amusantes que tous voulurent l'entendre et payer pour cela.

Lorsque Crakmort eut fini, Polyphème salua la foule et de son ton le plus comique :

— Mesdames et Messieurs, dit-il, Figaro trouvera-t-il quelques bourses qu'il puisse raser pour ne pas aller près de vos pauvres les mains vides, tandis que ses amis ont le bonheur de leur porter une ample moisson? Il veut donner l'exemple, du reste !

Et en disant ces mots, il jeta sa bourse dans un plat à barbe qu'il tenait à la main.

Lui aussi eut un succès énorme.

Quand il eut fini sa recette, qu'il égayait de lazzis dignes de son costume, il alla avec ses amis s'incliner devant la princesse de K.., présidente de l'œuvre charitable au profit de laquelle se donnait ce beau bal. Les trois Français lui remirent respectueusement, au milieu des bravos de la foule, le produit considérable de leur ingénieuse charité.

Au milieu du tumulte causé par les réflexions des uns, les félicitations des autres, quelques éclats de rire attirèrent l'attention générale sur une petite figure noire et grimaçante, qui se montrait entre deux larges cactus.

— Sagababa! s'écria Philéas ébahi.

C'était le négrillon, costumé en singe, qui s'était faufilé jusque-là afin de rejoindre Saindoux, et qui restait pétrifié devant les merveilles offertes à ses yeux.

On rit de l'idée amusante de Sagababa. On lui permit de rester là et le ravissement enfantin du jeune nègre, son langage comique, son attachement pour son maître divertirent beaucoup de monde.

Le bal finit enfin et nos amis en sortirent les derniers. Ils regagnèrent l'hôtel, non sans se féliciter de leur délicieuse soirée et de l'excellente idée de Philéas. Grâce à son originalité, cette fête différait des autres en ce qu'elle était devenue réellement productive pour les malheureux.

CHAPITRE XXIX

VOL DE SAGABABA

Ce fut avec des impressions agréables et riantes que nos voyageurs revinrent à Saint-Pétersbourg. Au moment où ils rentraient à l'hôtel, un homme qui passait dans la rue alla vivement vers eux, et s'écria en anglais :

— Voilà mon affaire !

Polyphème, qui parlait cette langue à merveille, se tourna vers lui avec étonnement.

— Qu'y a-t-il ? lui demanda Philéas.

Au lieu de lui répondre, Polyphème écoutait l'Anglais qui s'était approché en le saluant et qui lui parlait avec animation. L'artiste répondit en haussant les épaules, et comme l'Anglais insistait beaucoup, le jeune homme entraîna ses compagnons dans l'hôtel en refermant brusquement la porte au nez de son interlocuteur.

— Mais qu'y a-t-il donc ? répétait Philéas très intrigué.

Polyphème, *avec impatience*. — C'est un Barnum (1)

_____

(1) Célèbre entrepreneur d'*exhibitions* curieuses.

quelconque qui essayait de nous chiper Sagababa.
Je l'ai envoyé promener.

PHILÉAS, *mécontent*. — Comment? nous chipper
Sagababa? En voilà, une idée! Qu'il y vienne, ce
saltimbanque... Tu ne veux pas nous quitter, hein!
mon garçon?

Sagababa, sans répondre, fit une hideuse grimace
dans la direction de l'Anglais.

POLYPHÈME, *riant*. — Pas mal! à présent, il s'agit
de nous préparer à partir demain, Messieurs. A
l'œuvre! Que tout soit prêt... Songez que nous
allons droit en Sibérie! c'est un rude et sérieux
voyage, celui-là.

CRAKMORT. — Ne craignez rien, je serai ésact, moi.
Avant d'entrer sez vous, cousin, venez donc un
instant dans ma sambre afin que z'examine un peu
votre sère tête au microscope, pendant une petite
heure. Ze ne demande que cela.

Philéas le suivit en rechignant, poussé par Polyphème qui riait de sa mine renfrognée, et les deux
domestiques, restés seuls, se mirent à faire leurs
préparatifs de voyage.

Ils s'en occupaient depuis quelques minutes lorsqu'on frappa à la porte. Narcisse alla ouvrir... A
peine avait-il tiré le battant qu'un homme s'élança
dans la chambre, le renversa d'un coup de poing,
jeta un manteau sur le petit nègre, l'en enveloppa
de la tête aux pieds, le saisit entre ses bras et disparut en un clin d'œil.

Narcisse, étendu par terre, criait de toute la force
de ses poumons.

— Veux-tu te taire, imbécile! dit le docteur en

entr'ouvrant sa porte. Tu déranzes mon travail. Si tu veux crier, crie en silence.

Narcisse se mit sur son séant, le regarda d'un air effaré et répondit d'un air piteux :

— Chi je crie, ch'est parche qu'on vient de voler Chagababa !

— Que lui a-t-on volé ? cria Philéas, resté chez le docteur.

— Cha perchonne, répartit l'Auvergnat d'un ton lamentable.

D'un bond, les jeunes gens furent près de Narcisse... Le docteur les suivait, tout effaré !

— On l'a enlevé ? s'écria Polyphème. Qui l'a enlevé ? par où a-t-on passé ? combien était-on ?

— Réponds donc, imbécile, dit à son tour Philéas en secouant Narcisse, qui restait devant eux, bouche béante ; dis-nous comment cela s'est fait ? Pauvre petit Sagababa, je n'aurai pas de repos avant de l'avoir retrouvé...

Narcisse raconta ce qui venait de se passer. Le docteur écouta attentivement et dit :

— Il faut avertir la police.

Polyphème, *secouant la tête.* — Je crains que ce ne soit inutile. Ce n'est pas pour montrer Sagababa en spectacle que l'Anglais l'a volé. Il voulait l'avoir, m'a-t-il dit, pour le donner comme esclave à un original qui en voulait un à tout prix ces jours-ci, je ne sais pourquoi.

Philéas, *vivement.* — N'importe ! difficile ou non, il faut nous mettre à sa recherche. Courez à la police, cousin. Polyphème et moi nous allons aller aux informations.

16.

Sans perdre une minute, chacun s'élança de côté et d'autre. Au moment où Philéas ouvrait la porte de l'hôtel, l'hôte vint à lui.

— Monsieur a-t-il vu Sam? demanda-t-il. Je le cherche depuis une demi-heure.

PHILÉAS, *effaré*. — J'ai bien autre chose à faire qu'à m'occuper de votre bouledogue, mon cher!

NARCISSE, *tristement*. — Il est perdu auchi, allez! il est avec le pauvre Chagababa...

POLYPHÈME, *se retournant*. — Que voulez-vous dire, Narcisse?

NARCISSE. — Je dis, Monchieur, que Cham, qui a pris Chagababa en amitié, était là quand l'Anglais l'a volé. Comme il était mugelé (parche qu'il venait de rentrer de cha promenade avec l'hôte), il n'a pas pu défendre chon ami, mais la brave bête ch'est élanchée à cha chuite et bien chûr, elle ne l'a pas quitté!

POLYPHÈME, *avec joie*. — C'est parfait. Alerte, Narcisse! ayez l'œil au guet, avertissez-nous lorsque le chien reviendra; nous ne tarderons pas, grâce à lui, à retrouver Sagababa.

Au bout d'une heure, passée par Philéas à trépigner d'impatience, on vit le bouledogue revenir lentement. Il avait du sang sur ses poils et semblait souffrir.

On s'empressa autour de lui et l'on s'aperçut qu'il était blessé. Il avait reçu un coup de couteau qui n'avait pas pénétré profondément, grâce à son épaisse fourrure. On le pansa et Sam léchait la main de Crakmort qui, venant de rentrer, lui rendait ce service, tout en attachant sur lui son œil doux et intelligent.

— Tout va bien ! dit le Marseillais en soignant Sam ; la police va venir, nous allons avoir trois hommes à notre disposition dans une heure.

— Nous n'en aurons peut-être pas besoin, remarqua Polyphème. Regardez ce que rapporte Sam. Il a réussi à se débarrasser à demi de sa muselière, le brave chien, et il a voulu lutter contre l'Anglais, car il tient dans sa gueule un pan du manteau qui emprisonnait Sagababa.

En ce moment un drochki (1) passait devant l'hôtel ; il s'arrêta devant la porte ouverte et le cocher s'écria dans sa langue :

— Tiens ! voilà le chien qui a si furieusement attaqué la personne que je conduisais tout à l'heure...

— Que voulez-vous dire? demanda vivement l'hôte en s'approchant de l'Isvochnik (2).

Le cocher lui répondit qu'il avait amené devant l'hôtel un homme qui en était ressorti peu de temps après, portant un gros paquet dans ses bras. Il était suivi d'un chien...

— Et c'était celui-là, affirma l'Isvochnik. Quoique muselé, il sautait après l'inconnu et semblait vouloir l'attaquer... Celui-ci était rapidement monté en voiture et s'était fait reconduire à son logis, suivi par le chien qui voulait toujours lutter avec l'homme ; ce dernier l'avait frappé et était entré chez lui.

Les jeunes gens coururent à l'adresse qui leur fut indiquée. Ils entrèrent dans la maison, précédés par Sam qui s'était animé et qui aboyait avec force.

(1) Fiacre russe.
(2) Cocher.

Arrivé devant une porte, Sam gratta le bois avec fureur!

— Sagababa, es-tu là? cria Saindoux.

— A moi, Sam! à moi, maître! gémit le négrillon prisonnier. Méchant homme avait volé moi; enfermé moi et être parti... Lui dire qu'il va chercher un autre maître à pauvre Sagababa! Moi vouloir pas; moi être à maître Saindoux!

Narcisse arrivait alors avec Crakmort et les hommes de police; d'un coup de sa large épaule, il fit voler la porte en éclats et Sagababa, moitié riant moitié pleurant, vint tomber aux pieds de Philéas. Celui-ci, fort ému, le releva et l'embrassa avec effusion.

On entendit alors un juron étouffé, mêlé de grondements féroces. L'Anglais revenait chez lui. Sam s'était élancé sur lui au moment où, voyant ce qui se passait, il se disposait à s'enfuir. Le bouledogue s'était jeté à la gorge du voleur de Sagababa et l'étranglait bel et bien.

On eut grand'peine à lui faire lâcher prise! Le voleur fit une mine piteuse lorsqu'au sortir des crocs aigus de Sam, il passa dans les mains des agents de police. Il partit, la tête basse, tandis que nos amis revenaient triomphalement à l'hôtel avec l'heureux Sagababa. Sam bondissait autour d'eux et faisait mille folies. Philéas, à peine arrivé, eut un long entretien avec l'hôte, à la suite duquel il dit joyeusement à ses amis que Sam leur appartenait. Il avait décidé l'hôte à lui céder le bouledogue, et ce compagnon fidèle et dévoué allait entreprendre avec eux leurs longs et difficiles voyages.

Tous applaudirent à cette idée. Sagababa sauta de joie en voyant son cher Sam venir avec eux et ils partirent le surlendemain, munis de tout ce qui leur était nécessaire.

Philéas était radieux! il embrassait tous les gens de l'hôtel, à tort et à travers.

—Enfin! dit-il en montant en traîneau; nous voilà lancés dans un vrai voyage. Nous en avons fini avec l'Europe. Au tour de l'Asie maintenant! *Pas chaud* (1) Hurrah!

(1) Pour *Pachol* (en avant).

TABLE DES MATIÈRES

FIN DE LA TABLE DES MATIÈRES

4077-89. — Corbeil. Imprimerie Crété.

www.ingramcontent.com/pod-product-compliance
Lightning Source LLC
Chambersburg PA
CBHW071908020726
47502CB00003B/939